女排精神

喊出时代最强音

《女排精神》编委会　编著

CNS｜湖南人民出版社 ·长沙·

图书在版编目（CIP）数据

女排精神 /《女排精神》编委会编著. —长沙：湖南人民出版社，2021.12（2022.7）
ISBN 978-7-5561-2810-5

Ⅰ.① 女… Ⅱ.① 女… Ⅲ.① 回忆录—中国—当代 Ⅳ.① I251

中国版本图书馆CIP数据核字（2021）第215549号

NüPAI JINGSHEN
女排精神

编 著 者 《女排精神》编委会
特约撰稿 陈晓丹
特约记者 马 寅
出版统筹 黎晓慧 陈 实
监 制 傅钦伟
产品经理 潘 凯 田 野 姚忠林 张玉洁 刘 婷 张倩倩 古湘渝
责任编辑 李思远 徐 蓉 陈 实 傅钦伟 潘 凯
责任校对 杨萍萍
装帧设计 谢俊平

出版发行 湖南人民出版社［http://www.hnppp.com］
地 址 长沙市营盘东路3号
电 话 0731-82683313
邮 编 410005

印 刷 长沙超峰印刷有限公司
版 次 2021年12月第1版
印 次 2022年7月第5次印刷
开 本 640 mm×960 mm 1/16
印 张 20
字 数 180千字
书 号 ISBN 978-7-5561-2810-5
定 价 79.80元

营销电话：0731-82683348（如发现印装质量问题请与出版社调换）

一切向前走，都不能忘记走过的路；走得再远、走到再光辉的未来，也不能忘记走过的过去，不能忘记为什么出发。

——习近平

女排精神代表着一个时代的精神，喊出了为中华崛起而拼搏的时代最强音。

——习近平

2019 年 9 月 30 日，习近平总书记会见中国女排队员、教练员代表

大力弘扬新时代的女排精神

1981年，在第三届女排世界杯上，中国女排获得第一个世界冠军，之后创造了“五连冠”的辉煌成绩，成为世界排球史上第一支连续5次夺冠的队伍。40年来，中国女排在世界杯、世锦赛、奥运会三大赛事中屡创佳绩。2019年9月30日，习近平总书记在会见中国女排代表时，高度赞扬中国女排“在赛场上展现了祖国至上、团结协作、顽强拼搏、永不言败的精神面貌”，强调“实现体育强国目标，要大力弘扬新时代的女排精神，把体育健身同人民健康结合起来，把弘扬中华体育精神同坚定文化自信结合起来，坚持举国体制和市场机制相结合，不忘初心，持之以恒，努力开创新时代我国体育事业新局面”。

“女排精神代表着一个时代的精神，喊出了为中华崛起而拼搏的时代最强音。”40年前，中国女排首夺世界冠军时，举国上下心潮澎湃，亿万观众热泪盈眶。中国女排“五连冠”，万人空巷看女排，国旗升起、国歌奏响的场景，让亿万中华儿女热血沸腾。一时间，各行各业掀起了学习女排精神、发扬女排精神的热潮，“团结起来，振兴中华”的口号响彻神州大地。在那个国门刚刚打开的时代，中国女排以她们无畏的拼搏精神跨上巅峰，向世界证明了“中国人能行”。在那个改革开放大幕初启、中国奋力追赶的时代，女排精神如同一面旗帜，让世人看到中国的集体主义、爱国精神、自强意志，能达到怎样的高度、能创造怎样的奇迹。40 年来，中国女排有过成功登顶的辉煌，也有过跌入低谷的挫折，但她们胜不骄、败不馁，始终葆有那么一股不服输的拼劲、打不垮的韧劲，所形成的女排精神成为中华民族的宝贵精神财富，成为中国共产党人精神谱系的重要组成部分，激励和影响着一代又一代中国人投身改革开放和中国特色社会主义伟大事业。

我国体育健儿勇于挑战，超越自我，迸发出中国力量，表现出高昂斗志、顽强作风、精湛技能，展现出为祖国争光、为民族争气的奋斗志向，展示出“人生能有几回搏”的拼搏精神，永远是激发全国各族人民的民族自信心和全世界中华儿女的民族自豪感的强大力量。踏上向第二个百年奋斗目标进军的新征程，正需要大力弘扬新时代的女排精神，使之化为全国各族人民团结奋斗的强大精神力量。要坚持“祖国至上”，厚植爱国主义情怀，不断增强做中国人的志气、骨气、底气，树立为祖国为人民永久奋斗、赤诚奉献的坚定理想；坚持“团结协作”，深刻认识团结就是力量、团结才能前进的道理，团结一切可以团结的力量、调动一切可以调动的积极因素，汇聚起实现民族复兴的磅礴力量；坚持“顽强拼搏”，敢于斗争，善于斗争，逢山开道、遇水架桥，勇于战胜一切风险挑战；坚持“永不言败”，激发“越是艰险越向前”的英雄气概，保持“敢教日月换新天”的昂扬斗志，埋头苦干、攻坚克难，努力创造无愧于党、无愧于人民、无愧于时代的业绩。

习近平总书记强调：“建设体育强国，是全面建设社会主义现代化国家的一个重要目标。”奋斗新时代、奋进新征程，要牢牢把握我国体育工作“发展体育运动，增强人民体质”的根本任务，发扬光大为国争光、无私奉献、科学求实、遵纪守法、团结协作、顽强拼搏的中华体育精神，大力弘扬新时代的女排精神，进一步提升我国竞技体育综合实力，把竞技体育搞得更好、更快、更高、更强，提高在重大国际赛事中为国争光能力；落实全民健身国家战略，推动全民特别是广大青少年广泛开展健身运动，促进健康中国建设；加快推进体育改革创新步伐，更好发挥举国体制在攀登顶峰中的重要作用，更好发挥群众性体育在厚植体育基础中的重要作用，不断为我国体育事业发展注入新的生机活力。要通过举办北京冬奥会、冬残奥会，推动我国冰雪运动跨越式发展，推动新时代体育事业高质量发展。

体育强则国家强，国家强则体育强。发展体育事业不仅是实现中国梦的重要内容，还能为中华民族伟大复兴凝聚起强大精神力量。在全面建设社会主义现代化国家的新征程上，弘扬中华体育精神，弘扬体育道德风尚，推动群众体育、竞技体育、体育产业协调发展，加快建设体育强国，顽强拼搏，奋勇争先，团结一心，就一定能为实现第二个百年奋斗目标、实现中华民族伟大复兴的中国梦贡献更大力量。

（《人民日报》2021年9月5日第1版）

目录

壹 集结 · 国之召唤

贰 淬炼·拼搏岁月

伍 激扬·时代强音

访谈实录

郎 平

陈忠和

朱 婷

宋世雄

中国女排一路走来

中
中

01

THE FIGHTING SPIRIT OF THE CHINESE WOMEN'S VOLLEYBALL TEAM

伟大精神 辉映时代

2019 年 9 月 30 日，习近平总书记在会见中国女排队员、教练员代表时指出："广大人民群众对中国女排的喜爱，不仅是因为你们夺得了冠军，更重要的是你们在赛场上展现了祖国至上、团结协作、顽强拼搏、永不言败的精神面貌。"

此时正值新中国成立 70 周年国庆前夕，在刚刚结束的第十三届女排世界杯赛场上，中国女排以 11 战全胜的骄人成绩，成功卫冕世界杯冠军，为祖国母亲献上了一份厚礼。

习近平总书记的话语，道出了女排精神的核心、精髓、实质和特质。

“祖国至上”是核心，激发了女排姑娘们“为祖国荣誉而战”的初心意识、率先实现三大球翻身的使命感和“升国旗奏国歌”的崇高理想。

“团结协作”是精髓，道出了团体性运动项目制胜的关键。中国女排正是把握住了集体主义精神这一精髓，充分发挥出团队协作的系统性功能。

“顽强拼搏”是实质，揭示了竞技体育的本质。“拼命三郎”陈招娣、“要球不要命”的曹慧英、忍受膝盖伤痛的魏秋月、经历两次心脏手术的惠若琪……女排姑娘们与伤病做斗争的感人故事数不胜数。

“永不言败”是特质，不服输、不言弃是女排人的职业性格，无论是赛场还是训练场都是每球必争，即便赢了也要全力以赴，就算输了也要竭尽全力，球不落地，永不放弃。

女排精神，源自老一辈革命家革命精神的延续。

贺龙元帅一生酷爱体育，是中国军队体育事业的开拓者、新中国体育事业的奠基人。新中国成立后，贺龙对中国篮、排、足三大球运动的发展非常关切，他说：“我们一定要扭转我国体育落后的局面，摘掉‘东亚病夫’的帽子，我看不到三大球翻身，死不瞑目！”

20 世纪 60 年代，中国女排在义无反顾的悲壮中艰难起步，埋头苦干奋力追赶世界强队。

时间来到 1976 年，中国女排国家队重新组建，袁伟民担任主教练。

当时的训练条件极为艰苦，女排姑娘们在竹棚里翻滚救球，凹凸不平的地板常有毛刺扎进肉里，一练就是七八个小时，训练结束后还得互相“挑刺儿”。

然而紧张枯燥的封闭训练和艰苦条件的磨炼，不仅练就了世界一流的女排队伍，还孕育了女排精神的雏形，这就是在当时家底薄、条件差的情况下，拼搏奋斗艰苦创业锻造的“竹棚精神”。

辛勤汗水终于换来收获。1981 年 11 月，第三届世界杯女子排球赛在日本举行，中国女排以 7 战全胜的战绩首

1981 年 11 月 16 日，
成都车辆段职工观看中国女排夺冠电视直播

1981年11月，
中国女排第一次赢得世界杯，
群众涌上天安门广场欢庆胜利

1985年女排世界杯，
中国女排战胜古巴队实现“四连冠”后，举国欢呼，
年轻人到天安门广场高呼“振兴中华”

夺世界冠军。

最后一球落地，姑娘们抱头痛哭。那一夜北京万人空巷，天安门广场彻夜高呼“中国万岁！女排万岁！”。女排的胜利让全国人民坚定了伟大祖国必将强盛的信心。

沐浴改革开放春风的中国与中国人民，亟待一种精神激励和鼓舞。在胜利的喜悦中，全国人民感受到一种砥砺向上、意气风发的力量。

自此以后，中国女排缔造了“五连冠”的辉煌伟业，一提起女排，几乎每个中国人脸上都写满了骄傲。“向中国女排学习！”女排夺冠激发了各行各业掀起学习女排的热潮，工厂劳动者更是表示“学习女排精神，保证完成和超额完成生产任务”。“学习女排，振兴中华”，这句口号凝聚起了一代代中国人奋发进取的坚强意志。

1986 年，在夺得第十届女排世锦赛冠军后，中国女排老一代名将相继退役，成员“青黄不接”，竞技成绩逐渐下滑。1988 年汉城奥运会中国女排获得铜牌，1994 年第十二届女排世锦赛跌落至第 8 名，在广岛亚运会上败给韩国队，失去亚洲霸主地位。

1995 年，郎平临危受命出任女排主教练，率队获得 1996 年亚特兰大奥运会银牌。虽然未能夺冠，但中国女排顽强坚韧，时隔多年重新走进奥运会决赛场，让国人真切感受到女排精神的回归。

一路走来，女排精神就是中国女排的“灵魂”，激励着女排姑娘们上演一个个绝地反击、逆境重生的传奇故事。2001 年上任的主教练陈忠和对女排进行了大刀阔斧的改革，他大胆重用新人，带领中国女排“黄金一代”走出了人才断档的低谷。2004 年 8 月 29 日（本书中比赛日期均指北京时间），在雅典和平友谊体育馆内，随着张越红的 4 号位重扣得分，中国女排实现惊天大逆转，时隔 20 年再

2011年6月2日，
中国国际女排精英赛宁波站，
球迷们打出标语

夺奥运冠军。

此后，二次执掌中国女排帅印的郎平，带领“白金一代”获得2015年女排世界杯冠军，蛰伏11年再次登顶世界之巅。2016年里约奥运会上，中国女排将顽强拼搏演绎到极致，在四分之一决赛中反败为胜，战胜势不可当的东道主巴西队。

有人问郎平，里约大逆转中国女排的秘密武器究竟是什么？郎平回答：“我们的秘密武器就是女排精神，明知

道不会赢，或者不知道我们的结果是什么，我们都拼尽全力，只要有百分之一的希望，我们就尽百分之百的努力！”

时代在变，但是女排的精神从未改变。

女排精神，是几代中国排球人在党的领导下，历经磨难、不断探索、共同缔造的结晶，“祖国至上、团结协作、顽强拼搏、永不言败”这16个字是女排精神的精准概括。

女排精神的穿透力和辐射力，不受时空制约。其影响的宽度，超出了体育领域；其影响的深度，不止于一代人。

毋庸置疑，女排精神早已超越体育范畴，成为新时代鼓舞全国各族人民团结起来，沿着中国特色社会主义伟大道路奋勇前进的强大精神动力。

可以说，作为彰显以爱国主义为核心的民族精神和以改革创新为核心的时代精神的体育文化符号，女排精神为中国共产党人的精神谱系增添了一道具有鲜明体育特色的亮丽光谱。它与井冈山精神、长征精神、延安精神、南泥湾精神以及新中国成立后形成的种种伟大精神一脉相承，共同构筑了实现中华民族伟大复兴的强大精神支柱。

站在新的历史节点，作为中华民族伟大精神的时代见证，女排精神陪伴了几代人的成长，影响了几代人的精神面貌，也将为加快社会主义现代化强国建设、实现中华民族伟大复兴的中国梦而继续贡献力量，激励全体中华儿女不忘初心、砥砺前行、奋勇拼搏、再创辉煌。

○厉兵秣马

○共同的事业

壹

集结 · 国之召唤

为祖国的荣誉拼搏是我们最大的幸福。

——中国女子排球队

02

THE FIGHTING SPIRIT OF THE CHINESE WOMEN'S VOLLEYBALL TEAM

艰难中前行

20 世纪初，排球运动便由广州、香港等地传入中国。

自 1927 年由 12 人制改为 9 人制后，一直延续到新中国成立，中国广大地区普遍流行 9 人制排球，并形成了一套独特的打法。

当时苏联和其他东欧国家是公认的排球强国，世界最高水平的排球比赛也多在苏联和东欧举行，这些国际比赛主要采用 6 人制。因此为适应国际比赛的需要，跟上世界的节奏，中国必须学习 6 人排球的比赛规则、技术战术，以及相应的训练方法和手段。

在老一辈革命家的关怀下，中华全国体育总会积极安排男女排球运动员到东欧等地参加国际比赛，借以吸收经

验，尽快掌握6人排球的比赛方法，提高技战术水平。同时，还多次邀请一些东欧强队来中国访问比赛，以借鉴取经。

通过交流学习，中国运动员开阔了眼界，进一步理解了6人排球的技术、战术和比赛规律，认识到自身灵活快速的优势，也发现了技术片面、攻强守弱等问题。在此基础上，中国排球人开始发展和创造适合中国运动员特点的技战术打法。

1953年中国排球协会在北京成立，1954年被国际排联接纳为正式会员。其后，中国排协获邀参加1956年在法国举行的世界排球锦标赛（男子第三届、女子第二届）。

1956年中国女排在世界赛场崭露头角，先后击败奥地利、荷兰和联邦德国等女排队伍，获得第二届世界女排锦

1954年中国女子排球队在苏联

标赛第6名。

20世纪60年代，一股亚洲女排新势力开始挑战苏联女排的王者地位，这便是有着“东洋魔女”之称的日本女排。

1960年在第三届女排世锦赛上，“东洋魔女”由大松博文率领，仅败于卫冕的苏联女排获得亚军。随后在1961年访欧时，21天连战连胜21场，席卷苏联和东欧诸强。

1962年第四届女排世锦赛上，日本女排以3：1战胜苏联队，首次登上世界冠军的宝座，1964年东京奥运会决赛中，再次击败苏联队夺冠。在1960年之后的118场国际比赛中，日本女排只输9局并获得全胜，震惊世界排坛。

迅速崛起的日本女排，成功的奥秘是什么？这是中国和世界排坛都十分关注的问题。大松博文的话语给出了答案：“人只有每天感到不足，并想办法来纠正缺点，他才能进步，我们日夜训练，从精神上说不能败给任何人。”

当时的中国，乒乓球运动已经开展得很好，而作为集体项目的排球却还没有起色。

1965年4月至5月，大松博文应邀来华，帮助训练中国女排。中方同时组织了学习组和医务监测组，从不同角度了解大松训练的秘密。

中国女排由此引入了较为系统的训练方式和更为明确的发展方针。国家体委指出：“学大松是以大松为借鉴，研究中国队发展的道路。我们学大松、研究大松，是为了

大松博文来华训练时为队员们
作垫球示范

最后打败大松。”

吸收了先进技战术理念的中国女排逐渐崛起，团结协作、顽强拼搏的作风也随之确立。中国教练员们认识到：中国队员在开始阶段出现身体和生理上的不适应，主要是因为基础太差；经过一定强度的训练是可以适应的。关键在于要不断地实践、大胆地试验。

1966 年以后的十年间，正处在上升阶段的中国排球运动，和其他项目一样受到了严重的冲击和破坏。中国女排国家队队员年龄普遍偏大，伤病又多，无新生力量补充，“青黄不接”的现象十分严重。

1974 年，中国女排在第七届女排世锦赛上，仅获得第 14 名。于是国家体委根据全国许多省市的意见，决定解散老国家队，直到 1976 年重新组建，袁伟民成为新成立的中国女排国家队主教练。

新的国家队担负起赶超世界水平、冲击技术高峰的重任。经过不到一个月的短期训练，就先后在北京、上海、南京等地迎战著名教练小岛孝治任教的日本日纺队，并取得了全胜战绩。这次胜利极大地鼓舞了正在走向中兴的中国排球界。

中国女排经过严格、系统的夏训之后，于1976年10月首次访问美国，同美国国家队进行了6场较量，又以六战全胜的战绩回国。

当时美国女排虽属初建阶段，技术与经验尚不成熟，但是身材和体能条件已经显示出她们是一支有很大发展潜力的队伍。中国女排旗开得胜，出师顺利，对于队员们树立信心、增长经验十分有益。

历经二十多年艰难曲折的成长，中国女排即将踏上四十多年荡气回肠的风雨征程，春天的脚步越来越近。

03

THE FIGHTING SPIRIT OF THE CHINESE WOMEN'S VOLLEYBALL TEAM

春潮涌动

1977 年 11 月，第二届世界杯女子排球赛在日本举行，中国女排首次参加世界杯赛，这也是中国排球队同世界大赛阔别十余年后的第一次征战。

在小组预赛中，初出茅庐的中国女排以 3 ∶ 2 战胜实力强大的日本队，引起国际排坛的震动和日本媒体的关注。决赛阶段又以 3 ∶ 2 击败本届亚军古巴队，但因负于日本队和韩国队（1992 年中韩建交前称“南朝鲜队”），根据胜负局数计算屈居第 4 名。当时，这是中国女排参加世界大赛以来取得的最好成绩。

在世界强队面前，中国女排展现出自己的朝气蓬勃和不俗战斗力。在选材上，中国队队员平均身高达到了 1.77

米，在当时除了美国队、苏联队身高突出外，中国队的身材条件已经处于世界强队水平。

在技战术上，中国队技术比较全面，攻防相对平衡，主力阵容能攻能守，没有明显的短板，逐步形成了一套适合自身特点、能与强队抗衡的战术打法。同时重视在全面的基础上，培养队员的个人特点，初步掌握了一些专精技术，成为克敌制胜的重要武器。

这次大赛中国女排也暴露出一些问题与差距，特别是队员们的心理状态不够稳定，技术发挥容易受影响，防守战术比较单一，反攻能力尚需加强，比赛经验不足等。

虽然中国队没能站上领奖台，队员们的表现却有目共睹，女排队长曹慧英在比赛中作风顽强、贡献突出，被授予“敢斗奖”“最佳拦网奖”和“最佳选手奖”，为祖国赢得了荣誉。

1978 年 8 月，中国女排参加了在苏联举行的第八届世界女排锦标赛，取得了 7 胜 2 负的成绩，获得第 6 名。

这届比赛一个显著特点是进入世界一流水平的队伍越来越多，除古巴队占有较大优势外，其他队伍实力相当、水平接近，第 2 至 6 名的竞争十分激烈。中国女排尽管具备了一定的实力，但还缺乏比赛经验。

袁伟民教练在国家队组队之初，就决心依据当时国际排坛的发展趋势，建立一支技术全面、高快结合、特点突出、

袁伟民与女排姑娘们合影

攻防兼备的全面型队伍。经过几年的努力，取得了长足进步，但从实战结果来看，中国女排的技战术打法还有继续完善和提升的空间。

袁指导指出："在对苏联和美国队比赛中，（中国队）都以 0 ： 3 失利，虽有思想上的原因，但就技术而言，都是因为一传被对方有力的上手平冲式发球破坏，快速多变的战术受到遏制，强攻之下，而无法摆脱困境。"

这届世锦赛中国女排进一步锻炼了队伍、找到了差距，为之后更好地提高队伍水平，更坚决地贯彻自身技战术指导思想，向更高水平冲击，早日“冲出亚洲，走向世界”打下了坚实基础。

在人心思变、百业待举的改革年代，中国女排是当时中国社会的一个缩影，处于新旧交替的当口，国门初开、改革风起，意识到中国同西方发达国家差距的国人，内心存在不少失落和彷徨。因此女排的胜利与成长，给整个社会增添了信心，春潮涌动的时代背景，也同时塑造了女排的精神气质。

中国女排的崛起与改革开放的进程同步推进。女排夺冠，极大振奋了国心民心，女排精神，激励一代又一代中国人为国家富强、民族复兴、人民幸福而艰苦奋斗。

1981 年 11 月 16 日，中国女排首夺世界冠军，《人民日报》第一次把中国女排和国家振兴联系在一起，提出“学习女排，振兴中华”的响亮口号，首次把体育竞赛的胜利上升到民族精神的高度。

评论员文章《学习女排，振兴中华》豪迈地写道：“用中国女排的这种精神去搞现代化建设，何愁现代化不能实现？”女排夺冠敲响了“团结起来，振兴中华”的战鼓，激发起全体国人滚烫的爱国热情，聚合起全国人民拥护改革、投身改革、建设国家的磅礴合力，成为引领时代发展的最强音。

RENMIN RIBAO

国务院向中国女子排球队热烈祝贺

希望全国人民都来学习她们团结战斗、艰苦创业的精神，为把我国建设成为具有高度文明的伟大社会主义国家而努力奋斗

[illegible]

刻苦锻炼　顽强战斗　七战七捷　为国争光

中国女排首次荣获世界冠军

第三届世界杯女子排球赛举行闭幕和发奖仪式
日本女排获得亚军，苏联女排获得第三名

袁伟民获最佳教练员奖，孙晋芳获最佳运动员、优秀运动员和二传奖，郎平获优秀运动员奖

新华社东京11月16日电　历时11天的第三届世界杯女子排球赛，今天在日本大阪府立体育馆闭幕。

[illegible]

最佳教练员奖：中国队袁伟民。

最佳运动员奖：中国队孙晋芳。

敢斗奖：古巴队梅·保索斯。

[illegible]

光　荣　榜

新华社北京11月16日电　为祖国赢得了荣誉，获得第三届世界杯女子排球赛冠军的中国女子排球队的领队、教练和运动员的名单如下：

领　队：张一沛

教　练：袁伟民、邓若曾

运动员：

孙晋芳二十六岁（江苏）

张蓉芳二十四岁（四川）

周晓兰二十四岁（山西）

郎平二十岁（北京）

陈亚琼二十五岁（福建）

陈招娣二十六岁（解放军）

曹慧英二十七岁（解放军）

杨希二十四岁（解放军）

朱玲二十四岁（四川）

梁艳二十岁（四川）

张洁云二十五岁（江苏）

周鹿敏二十五岁（上海）

祝贺中国女排获世界杯冠军

体委、体总、全总、团中央、青联、学联、妇联分别致电

[illegible]

学习女排，振兴中华

本报评论员

[illegible]

1981 年 11 月 17 日，
《人民日报》头版头条报道
中国女排获得世界冠军

中国女排荣获第三届女排世界杯冠军后，
胜利凯旋，在首都机场受到热烈欢迎

四十多年来，中国女排姑娘们一次次飞身救球，一次次带伤参赛，一次次扣球得分，一次次在逆境中获胜，象征着改革开放以来勤劳勇敢的中国人民，在经历一次次困难和挫折后，依然坚定前行、永不放弃的精神品质。看到女排在世界上独领风骚，也唤起国人对未来美好生活的向往和自信。

而在 1979 年，故事才刚刚开始，为了准备今后的比赛，迎接破茧成蝶的蜕变，女排姑娘们还将面临更加艰苦的训练。在福建漳州和湖南郴州的竹棚馆里，她们洒下奋勇拼搏的汗水和泪水，以顽强毅力，练就过硬本领，以坚定信念，铸就英雄本色。

“这是一曲振奋人心的搏斗之歌，它的主旋律，就是祖国荣誉高于一切。”平凡孕育伟大，时代呼唤担当，中国女排就此踏上属于自己的传奇之路。

1982年10月，党和国家领导人在中南海接见第九届世锦赛夺冠归来的中国女排

04

THE FIGHTING SPIRIT OF THE CHINESE WOMEN'S VOLLEYBALL TEAM

挥师南下

列车冲破一片死寂的夜幕，嘶吼着向南方奔去。

不断后退的山林和树木的剪影，像扑上来的怪兽，又不断被疾驰的列车抛在后头。

这是 1979 年 10 月初深夜的湖南。

中国女排姑娘，就坐在这趟列车上，此行的目的地，是郴州训练基地。她们要去集训，备战 12 月在香港举行的第二届亚洲女子排球锦标赛。

“三大球要打翻身仗”，不仅要追回错失的十年，更攸关国家荣誉与民族尊严。

任务如泰山压顶。以至于国庆节刚过，中国女排便悄然离京，挥师南下。然而对于即将前往的陌生基地，群山

环抱中的神秘小城，姑娘们心里打满了问号：这到底是个什么地方？能被挑剔的教练袁伟民、邓若曾等看中。它又将以什么面目出现在面前呢？

夜越来越黑，窗外的风景看不分明，黑暗中只觉得山连着山，没有灯火，没有人烟，广袤的天地间就是一个大大的“静”字。

真是荒凉啊。不安的情绪在车厢里滋长。

咣当，吭哧……一个长长的刹车，火车终于在凌晨到了站。

黑咕隆咚里，姑娘们一个挨一个走上站台。可这算什么车站呢？又小，又旧，又破。睡得迷迷糊糊的梁艳，是刚进入国家队的年轻队员，再过 5 天才满 18 岁。见此情景，梁艳发怵了，相比热闹的北京，这里简直就是荒郊野岭，怎能不让她紧张害怕呢？她不明白教练为什么放着好好的北京不待，偏偏把队伍拉到这“鸟不拉屎”的地方来。

这种“想不通”的念头，不仅新人有，老队员也有。大家站在站牌底下，迷惑地看着上面的两个字：郴州。

夜凉如水，头也像被泼了凉水。从环境一望便知，这座小城偏僻落后、尚未开发，加上那个陌生的“郴”字，恍如来自另一个世界。姑娘们的脸色越来越黯淡。

踟蹰间，一队人马满面春风地迎上来，“欢迎欢迎，大家一路辛苦了！辛苦了！”原来，郴州市党政领导亲自

郴州市北湖公园鸟瞰

率队前来迎接。热情好客的湖南人，就像寒冷中生起的一盆炭火，让气氛由凉转暖。

当时，郴州训练基地还未被确定为国家训练基地，尚由郴州市体委管理。因此，接待工作主要由郴州市负责。

山中小城，条件有限。郴州市委当时只有一辆苏联拉达牌白色轿车，临时从市汽运公司派了一辆客车，把女排队员接到训练基地。

女排姑娘们鱼贯而入，登上汽车。随车的基地工作人

员发现，姑娘们坐在车上闷闷不乐，一个个垂头丧气，谁都不言语。实际上，当她们看到又小又旧的车站时，这种不开心就明明白白写在脸上。

基地工作人员却并不慌，他们很有信心。

为了迎接中国女排的到来，基地从训练场馆到衣食住行，从配套服务到后勤保障，都拼尽全力做足了准备。他们立下军令状，女排首次南下集训的接待保障工作，只能成功，不能失败。基地要用心用情做好每个细节、每项服务，让中国女排宾至如归，顺利集训，冲出亚洲，走向世界。

郴州基地坐落在郴州市北湖公园里。公园不大，却很安静，适合闭关训练，不受外人打扰。加上山水相傍，景色秀丽，楼台亭榭，曲径通幽，很有几分江南园林的韵味。园中还有活泼可爱的猴子，花朵似的金鱼，有利于女排训练之余调剂身心。

果不其然，进了北湖公园，姑娘们开始兴奋起来。

到了基地，邓若曾指导马上分配宿舍，姑娘们各自进房。见到每间房里都带有独立的卫浴间，打开水龙头就有冷、热水，洗漱方便。姑娘们脸色逐渐晴朗，休息个把小时，天就亮了。

晨光熹微，原来隐没在黑暗里的山峦、竹林一点点浮现。太阳以蓬勃之光，宣告新的一天到来。郴州古朴自然之美，被阳光照亮。

曹慧英、杨希、周晓兰几个最先起床，蹑手蹑脚走出房间，看到基地的游泳池、跳台、雪松、棕榈树，欢喜雀跃。在一片绿色海洋的包围下基地建筑若隐若现，几千棵樟树环绕周围。她们爬上 10 米跳台东张西望，指着东边一座山大声说：“那座山太好看了！”此时她们不知道，这座山就是“天下第十八福地”苏仙岭，无数美妙传说诞生于此。

长满热带、亚热带植物的郴州，与北方相比，有一种截然不同的情调。杨希脱口而出：“走了那么多地方，没想到这儿还藏着个小天堂呢！”此时她也不知道，“郴”原本就是指“林中的城邑”，就是藏在深山里的人间天堂。

后起床的队员们，也纷纷登上跳台，三三两两，叽叽喳喳。领队张一沛和邓指导得意地对她们说：“怎么样，我们找的这个地方还可以吧。”袁伟民指导也在一旁偷偷地乐。

女排在郴州基地的集训生活，就此开启。

基地小而封闭，除了队员和基地工作人员，再无其他人走动。住的都是小平房，有间房子放电视，还有个小卖部。两层楼的宿舍，外墙已经剥落，楼后杂草丛生。这原本是职工宿舍，腾出来给女排住，还专门进行了改造，加装了热水和独立卫浴。后来宿舍还装了暖气设备，在南方不集中供暖的情形下，做到这些，很是不易。

但条件依然艰苦。宿舍楼一端，是地方不大、又矮又

郴州苏仙岭风景优美

挤的食堂，另一端是用竹竿和薄膜搭成的简易小花圃。这就是女排今后要面对的日常。

山坡下，有两个毗连的大竹棚，大的可容纳4块排球场，小的仅是1块场地。棚外到处堆放着各种建筑材料，摆出一副大兴土木的架势。

这两个竹棚，就是日后享誉世界的竹棚训练馆，中国女排腾飞的起点，梦开始的地方。

郴州体育训练基地竹棚训练馆

训练馆的建材取用当地丰富的南竹和杉木。新铺的木地板，表面粗糙，木板相接处高低不平。第一天训练，这样的地板就让女排姑娘吃尽了苦头，板上潜藏着木刺，轻则让人擦破皮、出血，重则撕破肉、伤及筋骨。

凌晨到访的中国女排，与锁在深山的小城郴州，从此结下不解之缘。孟子说：“故天将降大任于斯人也，必先苦其心志，劳其筋骨，饿其体肤，空乏其身，行拂乱其所为。”用这句话概括中国女排在郴州卧薪尝胆的岁月，是客观真实的。

05

THE FIGHTING SPIRIT OF THE CHINESE WOMEN'S VOLLEYBALL TEAM

厉兵秣马

“艰苦奋战 60 天，力争夺取亚洲冠军！”

中国女排首次到郴州集训，就在竹棚馆写下标语。60 天为限，志在必得，所有人都铆足劲，全力备战当年 12 月的女排亚锦赛。

客观来说，当时的中国女排实力位居亚洲前三，但要真正冲出亚洲，走向世界，还有一定的距离，还需进行艰苦磨炼。

郴州练兵，以备战为鲜明目标，以冲冠为最终目的。压力不可谓小，正如攀登珠峰者行至最后 100 米，每上升 1 米都是向运动极限的一次冲锋；希望又不可谓无，山重水复之后，往往是柳暗花明之时。

中国女排首次到郴州集训合影

为什么这么说?

十年耽搁，破坏了体育界的风气，特别是扎实过硬的训练作风。对于女排而言，也经历了痛苦蛰伏，水平、技战术、作风，与世界强队无法比拟。

岁月蹉跎，初心依旧。几代排球人为了共同的目标，拼搏不息、奋斗不已。

1976 年，春回大地，体育的春天在经历漫长的寒冬后，迅猛到来。排球战线相继取得可喜成绩，1978 年初，全国排球工作会议明确提出：破除迷信，解放思想，敢于向世界冠军的高峰冲击，敢于夺取世界冠军。

这是创造历史的要求。

要站上世界之巅，必先冲出亚洲。所有眼光盯住了1979年底举行的第二届亚洲女排锦标赛。

从亚洲劲旅到世界第一，跨越如山海。正如女排领队张一沛所言：“人家是走着走，我们得跑着走，才能赶上或超过别人。”

要想获得超人的成绩和超人的成果，就必须付出超人的代价和超人的劳动。

赛前最关键的两个月，要去最合适的地方。郴州合适吗？郴州当时的训练馆，不过是游泳池旁搭的两个简易竹棚，还是用竹子、油毛毡搭的，条件极其“恶劣”。与北京的训练场地相比，可谓一个天上，一个地下。

为什么要舍近求远，千里迢迢把队伍带到一个安静、偏僻的南方县级市？看起来很疯狂，有点太随便了。

这就要分析当时北京训练和郴州训练，谁更有优势。

首先说北京。

在京训练干扰不小。文山会海：教练、领队不是在开会、学文件、参加活动，就是在开会、学文件、参加活动的路上。采访打扰：北京的央媒、电影厂、驻京媒体多如牛毛，三天两头就有记者、摄影师登门采访教练、队员，一登门，训练就只能中断。私事干扰：一到星期六下午，有的队员就心神不宁。怎么呢？原来，外地的亲戚朋友、三姑六婆托她们在北京办点事，结果一个星期天就全报废了。加上有的队员在谈恋爱，男朋友总要来会一会、聚一聚。教练的干扰，主要来自家事“拖后腿”，这样的事多了，就会分散精力。

在京训练保障不够。训练局管着 10 来个队，女排经常是最后下训练，到餐厅最晚，常吃冷饭。厨房、浴室不可能天天照顾，训练太晚，保障就会跟不上，毕竟队伍太多，

郴州基地一角，
游泳池一侧是女排宿舍

无法一一兼顾。这种情况导致女排教练不能从难从严要求，不能从实战出发进行大运动量训练，不能对指标抓得太紧。否则，就会面临一系列麻烦。

在京训练场地有限。当时男女排、男女篮 4 个队在一个馆，场地相连，两边还有体操队和跳水队的训练，踏跳板的声音震得“嘭嘭嘭”响，乱糟糟的环境，极大干扰了女排的备战。

中国女排迫切需要物色一个地方，解决上面这些问题。

作为集体项目运动队，女排队员来自全国，都是各省、市队挑上来的尖子。个个都有想法，个个都有自己的一套。但队伍要产生合力，就要磨炼出统一的意志、作风和协作精神，就要摆正个人与集体的关系，这样才有可能握指成拳，冲出亚洲，战胜世界冠军日本队和亚洲强队韩国队。

必须找个地方，避开干扰，集中精力，封闭训练。郴州，由此进入了国家体委和教练组的视野。

郴州为什么好？

按教练邓若曾等人考察的结论，郴州的“好”有三个关键词：艰苦创业，宾至如归，战略实现。

为什么说郴州的艰苦环境反而是好事？

当时郴州基地刚刚起步，正在艰苦创业。而破釜沉舟攀登世界高峰的女排，也处在艰苦创业期。郴州的艰苦，能磨砺人坚强的意志，谁都不能养尊处优、懒惰懈怠，只

备战亚锦赛期间，
杨希正在进行身体力量训练，
郎平在旁边协助

有把苦当甜咽下，千锤百炼才能磨砺成金，无惧任何艰难险阻。

郴州的宾至如归又给人何许感受呢？

女排在郴州的每一天，无论是当地政府，还是基地普通工作人员，甚至包括当时的十余万郴州市民，都把女排当作亲人，把女排的任务当作自己的任务。基地服务事无巨细，包罗万象。工作人员一天24小时坚守岗位，做饭、打水、烧锅炉、打扫场地……尽职尽责，从无怨言。女排下了训练，大家才能回家。

当时条件差，每个队员只有三套训练服。郴州的冬天，阴冷潮湿，衣服洗了挂几天都不会干。基地服务员就烧起炭盆，用手摊着烤干。为了给女排补充营养，后勤部门开着摩托到乡下收购土鸡，以至于很多地方的鸡都被收空了。竹棚馆场地不平，基地工作人员就跪在地上擦毛刺。这样的例子，多到无法计数。

那么，郴州对女排备战的战略实施又有何助益？

与北京训练基地同时服务多支队伍不同，郴州基地举全基地之力，保障中国女排的训练和生活。所以，女排教练团队没有其他后顾之忧，制订的战略目标和战略计划能在这里生根开花，得以充分落地实施。

夺取世界冠军，既要有远大战略部署，又要有短期冲刺目标。分解在每一天，就是要高质量完成每次的集训计划、每天的训练安排、每人每堂课的训练指标。谁完成不好，就表明谁不合格。

围绕这些战略，就要狠抓基本功练习、技战术创新、心理训练。带着冲击冠军的目的练，通过训练摆正个人与集体、个人与国家的关系，为最后的战略实现筑牢雄厚的思想根基。

郴州这座小城，就这样与中国女排的成长紧密相连。

没有干扰，没有电话，没有活动，没有采访，没有亲友，没有汽车声，只有全力以赴的训练。女排姑娘们慢慢习惯并喜欢上竹棚馆。那些毛刺、潮湿、寒冷，不仅没成为障碍，反而倒逼她们自觉吃苦、自觉提升，把每次训练当成艰难的实战，将每次奋不顾身的救球、鱼跃、翻滚，当作从难从严的自我要求。

一种为国争光、要球不要命的拼搏精神，在竹棚里冉冉升起。一种绝地反击的超常信念，注入中国女排的血液。

06

THE FIGHTING SPIRIT OF THE CHINESE WOMEN'S VOLLEYBALL TEAM

共同的事业

郴州基地有句口头禅：“女排就是我们心中的‘上帝’。”

这句话大概有两层意思：女排为国争光，是大家的偶像；女排是特殊来宾，要得到“上帝”般的竭诚服务。

不管出于何意，中国女排在郴州基地，的确“宾至如归”。这个“归”，是归家，得到家一般的温暖，产生家一般的依恋。

无论是老一代的曹慧英、张蓉芳、孙晋芳，还是后来的杨晓君、杨锡兰、郑美珠，一茬又一茬在郴州集训过的女排队员，用一生铭记郴州，记住拼搏的青春热血，记住高光的艰苦岁月，记住情深义重的郴州人，记住这里是永

1981 年中国女排第三次到郴州集训

远的“娘家”。

基地与女排，为了共同的事业相聚在一起，用爱写就一个又一个动人的故事。

虽然相比其他省市的训练基地，郴州起步较晚，“条件是最差的”，但郴州基地上上下下，都抱着为国争光的强烈愿望，渴望为国家体育事业奉献自己的力量，竭尽全

力建设场馆、提升服务品质。

无论是艰苦的“硬件”，还是热情的“软件”，郴州基地都适合女排闭关训练，艰苦创业。

女排集训，每天就是“三点一线”，来往于餐厅、训练馆、宿舍之间。基地按照女排的作息时间重新制订了作息表。女排出早操，场地工人就要提前1刻钟检查器材、暖气供应情况；清洁人员，无论多晚，都必须等到女排离馆后清扫地板，以便次日训练；锅炉工“三班倒”，确保房间24小时有热水，训练馆、宿舍有暖气；餐厅改“开餐制”为“吃馆子式”，女排任何时候下训练，都能吃到热饭、热菜、热汤，就像自己家里一样。贴心的服务，让女排姑娘们倍感温暖，十分满意。

集训7件事：练、吃、住、洗、医、憩、行，主要是练、吃、

1981 年郴州集训，
女排队员在竹棚训练馆外游泳池进行耐力跑，
竹棚馆外墙可见“攀登世界体育高峰”的标语

住、医几个方面。郴州基地的服务品质体现在每个细节里。

拿“练”来说。基地不断改善、完备训练及教学比赛条件，有问题当天解决，从不过夜。每年修理一次场地，陆续为队员们添置了布背心、沙背心、沙绑腿、打练台、卧推架、仰卧起坐板、杠铃架等。1981 年建新训练馆，征求女排的意见要求，建了桑拿浴室，添置了杠铃、两套联合训练器。1983 年为女排出征奥运会做准备，基地又购置了国内最好的排球柱，预设了两个辅助网柱。

1981 年女排集训，提出要几块负重下蹲用的垫脚板，基地工作人员晚上加班加点，保证女排第二天就用上。1984 年集训，有队员说胯部摔得很疼，问可否找得到一块海绵。基地马上派人上街买布、买海绵，把缝纫机搬到训练馆门口，几位女工为每个队员缝制了腰、胯、膝部的护垫。

以“吃”为例。基地用心抓伙食、强营养、促体力。1979 年女排第一次集训，基地工作人员在餐厅跟着吃了一周，观察队员的反应，灵活增减菜式。时任郴州市委书记叶明华参观厨房，看到伙食标准感到很惊讶。他又参观训练馆，看到队员陈招娣在门口呕吐，吐完又进去练防守，第二次接近极限又呕吐，叶书记很受感动，队员消耗如此大，营养如果跟不上来怎么打胜仗？他把市商业局局长、粮食局局长都叫过来看训练。看完后，一起拟了一个物资供应方案。肉食蔬菜一律要是当天的鲜活品，鸡，一斤半一只，鱼，两斤一条，还有猪肉、牛肉、茶油、面粉等，到哪里买，由谁发货，都定位到人。

1979 年集训备战亚洲锦标赛，袁伟民指导最大的担心就是队员的体力，体力不行，“跳起扣球时脚底下好像踩着棉花一样”。

听到这话，基地征询多方意见，决定让队员多吃鸡。

鸡肉营养丰富，容易吸收，又能迅速转化为热量，再加上民间喜欢用鸡搭配中药材提高女性血色素，是最佳食材。于是，每天晚餐基地都给队员蒸一只药膳鸡。

女排训练时间长，强度大，容易失去胃口，基地努力变化食物种类。郴州是山水之乡，物产丰富，一些山珍海味、佳肴美食，姑娘们每次集训都能吃上。

当时还是计划经济体制，物资供应十分紧张，粮油、鸡、鸭、鱼、蛋、猪肉、豆腐都要凭票供应，每个城镇户口每月只供应一两斤肉，逢年过节才有一只鸡两条鱼。然而郴州人民想方设法为女排集训免票供应“三活、三鲜”（活鸡、活鱼、活猪，鲜蛋、鲜牛奶、新鲜蔬菜），当时最抢手的三里田养鸡场的鸡和桥口蜜橘全都优先供应女排。

从 1979 年到 1986 年，基地职工肖玉润连续 8 年负责女排集训的后勤供应，口诀就是“鱼要跳、肉要鲜、鸡要叫”。九指塘的草鱼品质高，产量少，为了抢先捞鱼，肖玉润等人做了个大木桶，捞到一条就放进木桶。运回来放在水池里养着，随时取用。九指塘的鱼不够，就要赶到 100 多公里外的青山垅水库捞鱼。

女排到郴州多是冬训，鱼也总是在寒冬腊月捕捞。郴州的冬天，山风刺骨，穿上厚厚的棉袄还直打哆嗦。为了保证女排能吃上新鲜鱼，大家还是得下水。肖玉润那时 40 来岁，喝上几口烈酒，暖一下身子就下水。有一年遇到大雪天，捞完鱼，大家眉毛胡子都变白了。

为了收到最好的猪肉，大家亲自下乡选活猪。有一次遇到一头性子犟的猪，“哇啦哇啦”拼命乱窜。肖玉润进猪圈里抓，猪尾巴没薅住，把这头“特立独行”的猪给惹毛了，飞起一蹄子，狠狠踢到他的额头，血汩汩地流出来，模糊了双眼，包扎上药，一个星期后才痊愈。

女排在郴州集训，每天要供应 30 来只活仔鸡。基地远赴郴县南溪、永春等山区，收购 1 斤左右的“黄鸡郎”。这种鸡最为滋补。每次到南溪收鸡，都要先开车，再走 20 多里山路，走村串户收一次鸡，得花一整天。

食材有了，还得有好厨师。从 1980 年起，基地就把红、白案师傅送到北京训练局、昆明基地、长沙等处学习，还到上海等地聘请名厨，充实烹调队伍，提高烹饪水平。

考虑到女排上午训练时间长，早餐不够消耗，基地中途会加一餐，把糕点甜品、鸡蛋牛奶等送到场地上。

再说说“住”。为了营造清新幽雅的环境，基地专门成立园林花木组，在女排宿舍周边设计花台花圃，在房间内外摆上文竹、菊花、水仙，在竹棚馆外种上龙柏、罗汉竹、水杉。1981 年建新馆时，设计了以水景为主，有喷泉、廊柱、花径的附属房，还用鹅卵石砌了金鱼池，栽上芭蕉、剑麻、青竹等，后来又种上蜡梅、铁树、桃竹。这样幽雅的环境，让女排在出入之时缓解紧张与疲劳，调剂精神状态。

运动员宿舍有一百多个床位，不少队伍都想来郴州基地集训，借机向国家队学习。如果都接待，场馆和住宿能赚更多钱，但此门一开，必然会干扰女排训练。因此 1980 年基地只让湖南、黑龙江两支女排来，1981 年只让湖南女排和新疆男排来。后来关键年份，谁也不接。邓指导教育队员说："基地为了保证我们夺取金牌，放弃了一栋楼的收入。"

女排集训，医务监督、运动健护是非常重要的保障环节。医务监督很细，每周给队员全面检查一次，发现问题及时诊治，若队员有低烧趋向、淋巴炎症、感冒迹象马上控制，并报告教练调整队员的训练项目和训练量。基地医务室与各医院、医药公司密切配合，协作处理女排的一些伤病。1984 年春郎平眼睛受伤，由 501 医院院长主持会诊，迅速治愈。

为了保证女排的吃、住、洗、练，基地人"心甘情愿当好中国女排的铺路石"，不分男女老少，日夜坚守岗位。女排随时能吃上热菜热饭，用上热水，职工们甚至把擦汗的毛巾送到运动员手上，帮助运动员洗衣、煎药、发信、买日用品。大年三十晚上，为陪伴女排过春节，基地职工深夜 12 点后才回家与家人团聚，大年初一又照常上班。

"竹棚精神"是中国女排在郴州艰苦创业、勇敢拼搏锻造的伟大精神，成为运动员精神的杰出代表。

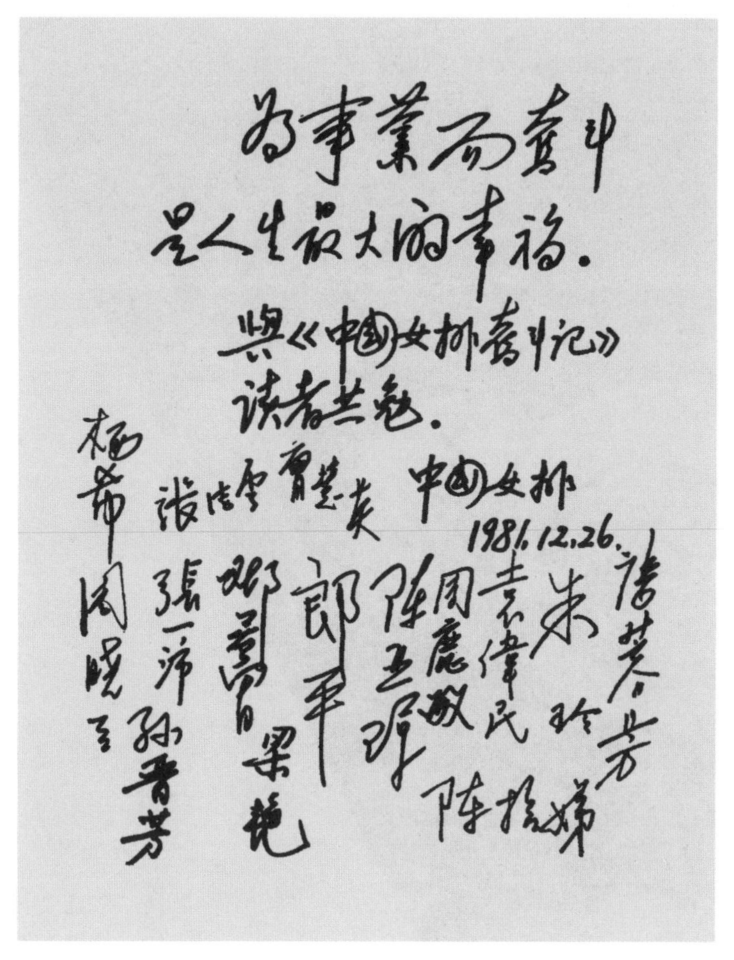

为事业而奋斗
是人生最大的幸福。
与《中国女排奋斗记》
读者共勉。

中国女排
1981.12.26.

杨希　张洁云　曹慧英
周晓兰　张一沛　孙晋芳　邓若曾　梁艳　郎平　陈亚琼　周鹿敏　袁伟民　朱玲　张蓉芳　陈招娣

1981 年女排教练员、队员
给《中国女排奋斗记》读者的寄语

这种精神，同样体现在郴州基地工作人员身上，他们搭建竹棚、竭诚服务，点滴平凡的付出，都饱含不平凡的牺牲和奉献。他们是中国女排夺冠的坚强后盾，永远以国家利益为至高无上的追求。

○衡阳补课
○新技术和新战术
○伤情表与计划表

淬炼·拼搏岁月

要想取得超人的成绩，就要吃得超人的苦。

——袁伟民

07

THE FIGHTING SPIRIT OF THE CHINESE WOMEN'S VOLLEYBALL TEAM

竹棚初试炼

《钢铁是怎样炼成的》一书中写道："人的一生应当这样度过：当他回首往事时，不因虚度年华而悔恨，也不因碌碌无为而羞愧。"

几乎所有经历过竹棚岁月的女排老队员，在回首往事时都这样说：我们永远不会忘记袁指导、邓指导和张领队带领我们在湖南郴州，度过了一次次异常艰苦的集训生活。卧薪尝胆，终于取得了成功。

人最宝贵的东西是生命，生命对每个人来说只有一次。能否让有限的生命释放出无限的价值，在于你有没有拼尽全力去付出。

1979 年，中国女排首次到郴州集训，竹棚馆挂起标语：

袁伟民教练指导梁艳练背肌力量

“艰苦奋战 60 天，力争夺取亚洲冠军！”

“厉兵秣马，卧薪尝胆”，为了冲出亚洲、为国争光，全队上下燃烧着青春的激情、拼搏的火焰。

10 月 5 日上午，女排正式进入竹棚馆训练。

初进竹棚馆，一切都感觉新鲜。竹棚子、油毡顶、木地板，都是新的。但训练滚翻救球、倒地扑救，问题就来了。地板高低不平，板子间连接不严密，还有木刺，远不如北京训练馆的地面那么平整光滑。

当时，针对欧、美、日等世界强队，女排教练强调要发挥“快攻 + 防守”的优势。“防守反击快攻”练得多，防守训练占的比重就大。滚翻救球、扑救、摔救，一套迅猛的动作下来，有的人手掌被扎进小木刺，戳进肉里火辣辣地痛；有的人胯部、大腿、肩肘部位青肿、瘀血，小臂被搓掉一层皮；甚至木刺还扎进了队员大腿肌肉里，要请队医用镊子夹出来。

最难受的是练单人防守。断裂的木刺不时翘起来，在姑娘们倒地防守时，刺进肌肤。但是高强度训练，必须全神贯注，谁也顾不上地板上是不是有倒刺，就算有刺也不能退缩，救球始终是第一位的。

这样一来，第一天上午，姑娘们纷纷被“刺”，张蓉芳的腿上甚至被划开半尺长的血口子，以至于大家谈“刺”色变。

木刺问题亟待解决，领队张一沛找到基地主任：“咱们要想点办法，全国就这么十几个宝贝。”

是啊，女排姑娘身上寄托着亿万国人的期待，她们是中国体育走向世界的希望，堪称全国人民的“宝贝”。

基地工作人员见女排队员受伤，万分心疼。当天中午就组织人员检查地板，用砂纸磨平那些隐患。

女排全队下午也加入进来，基地工作人员拿来砂纸，与女排队员一起，仔仔细细检查每一块木板，哪儿有木刺就用砂纸打磨。

为保护队员的手指不被木刺和砂纸二度伤害，基地职工拿来手巾，让大家包着手干。有的队员忍不住小声吐槽，教练严肃地说：“就这么个条件，我们来了，就得在这好好练。”

郴州训练条件之艰苦，的确超乎她们的想象。

木刺问题有了临时解决方案。这也带来一个奇观，每天训练完后，队员们都自觉地跪在地上，用砂纸打磨地板。这绝对是世界排球史上最奇特的画面。

女排姑娘以苦中作乐的精神，接受了竹棚馆的“挑衅”，也在这个过程中，磨砺了艰苦创业、不屈不挠的意志和耐力。

然而不久，竹棚馆又出“幺蛾子”。

由于地板缺乏弹性，身材瘦削的陈亚琼滚翻救球、摔扑起球，一挨地板就撞得“咚咚”响。左右胯部天天肿痛瘀血、擦破皮肉，每天敷了药，第二天早上结了一层嫩痂，下竹棚馆一练又擦破。反反复复，身上总是血迹斑斑。

陈招娣一次鱼跃垫球，摔在坚硬的地板上，手腕擦掉一大块皮，鲜血直淌，上了药，缠上纱布。袁指导要她下去休息，她却不以为意地说：“前线战士负了这么点伤能下火线吗？”

轻伤不下火线，重伤也不畏惧。但如果因为场馆的原因负伤，就因小失大，太不值得。

基地工作人员被亚琼和招娣深深感动，连夜为队员们赶制了一种既耐磨又防刺的花布背心，每人两件。

这又是世界排球史上罕见的画面。一群国家女排队员套上花布背心，一个个土里土气的，都成了“村姑”，你看着我笑，我看着你笑。

土气的背心，像闯入女排训练里的异类，却安然护她们周全。它们带着乡土色彩，更带着郴州父老乡亲纯朴的爱和真挚的祝福。

花布背心陪伴女排队员每次郴州集训，直到 1984 年新训练馆铺上塑胶地板，女排姑娘才将它们珍藏起来。

因为训练量大，场地磨损大，鞋子坏得快。尤其对于二传手来说，每天要练跑动传球、跳传、远距离调整球，只有不停地跑动、弹跳、快速移动，才能提高观察力、判断力、应变力、组织力。如此一来，一双鞋穿几十天就“报销”了。

姑娘们每天出早操，天不亮就起床，先绕游泳池跑三五圈，然后进竹棚馆练发球、一传等技术。谁达不到指标要求，就等着翻倍的处罚。

白天是“魔鬼式”的高强度训练，晚上练战术配合，白天练得不好的项目晚上就要补课。一天 24 小时，除了吃饭睡觉，就都泡在排球里。

袁指导、邓指导从严训练，有时“冷酷无情”。他们搞了一个“倒计数”，技术不符合要求的加一个，弄得有的队员稍不达标就下不了课。队员汪亚君，规定扣 10 组好球下课，可从下午 2 点训练到晚上 8 点，10 组不仅没减少反而增加了。

到晚上 7 点左右，汪亚君实在是口渴难耐了，问领队张一沛：“能不能让我喝点水？”领队说：“你这一组没完成怎能喝水？打比赛时，不能一局比赛没打完或教练没叫暂停，你就去喝水。”基地厨房工作人员等到晚上 7 点多还不见女排来吃饭，过去一看都哭了：太严了，教练真狠呀！

俗话说：严师出高徒。就这样，闭关训练，磨炼出了女排队员们过硬的作风、意志和拼搏精神。

曹慧英患有肺病，膝关节安有钢钉。医生警告她：不能再训练，也不能打球了。可她坚持要随队训练，为了早日恢复，她每天绕着公园大湖跑圈，汗水湿透了衣服，很是辛苦。

周晓兰膝关节不好，可她训练静力半蹲，一蹲就是十几分钟、半小时，汗水流到地上，几乎有脸盆那么大一摊。

虽然身在郴州，女排姑娘们却很少走出基地。郴州是湘南重镇，深山幽谷，碧水环流。古代文人墨客流连忘返，留下无数动人诗篇，也造就了许多风景名胜。然而对于中国女排来说，却无暇赏玩。

1979 年集训，为适应出国比赛时差，队里没有午休。领队说：“社会上干 6 天休 1 天，我们就干 60 天休 1 天！”

周晓兰在进行力量训练

在郴州的 61 天里，女排只休息了 1 天，其中还花半天到城郊的苏仙岭爬山，实际上又是一堂身体素质训练课。

集训的最后两周，女排专门研究日本队、韩国队。晚上每个队员都要写对日、韩两队的比赛方案，发言讨论，分析彼此优缺点、薄弱点。一种临战前的肃杀之气萦绕在暗夜的竹棚馆上空。

“痛苦留给你的一切，请细加回味，苦难一经过去，就变成甘美。”要坚信，机会总是留给有准备的人。

08

THE FIGHTING SPIRIT OF THE CHINESE WOMEN'S VOLLEYBALL TEAM

潮湿
难凉热血

郴州是个“仙”味儿重的城邑。

这里山灵水秀，在道教、佛教文化浸润下，充满神佛传说，明代徐霞客总结“郴州为九仙二佛之地”，其中苏仙岭更因苏仙的美丽传说被尊为“天下第十八福地”。

1980 年 1 月，当女排再次来到郴州，看到了神奇的一幕。

竹棚馆往外飘着白烟儿，四周烟雾缭绕，活像人间仙境。再靠近点儿，就听到“啪啪”“咕咕”的怪响，声音是从弯弯曲曲的管道里发出的，白烟也是从管子里冒出的。

原来，基地为了迎接中国女排第二次来郴集训，装上了暖气片。

此时郴州正值冬季。

数月前女排首次来郴州还是秋训，基地竹木茂盛，花香鸟语，气候宜人，还能下水游泳。周末片刻的休闲时光，大家都开心地泡在游泳池里游泳打水仗。老大曹慧英爱闹，自称是“浪里白条”，爱欺负生手。老实姑娘陈亚琼是“旱鸭子”，“浪里白条”就把“旱鸭子”压在水里，演出了一番“鸡飞狗跳”的水上喜剧。

而此时，郴州展现了南方冬天特有的厉害。气温并不很低，就是日复一日阴雨绵绵，“潮得人都要发霉了”。

南方的湿冷，相较北方的干冷，让人感觉更加难受。这种气候下，加上住的是平房，湿气更重，很容易诱发队员们腰、膝、肩、腿等部位的旧伤。特别是对年龄大、腰伤严重的北方运动员来说，困扰就更大。

因此，为了改善条件，基地这一年在竹棚馆里、宿舍里安装了暖气设备。

暖气虽然安装了，但屋子漏风，南方的风比北方的更厉害，直往身体里钻，特别冷。队员们就用厚棉布挡住窗口，防止透风。身上再盖两床被子，被子发沉，盖得喘不过气来。但是相较于外面的阴冷潮湿，姑娘们一钻进被窝就不想起来了。

房间里的暖气要等下训练时才开，房里不冷但被子里很冷。有的队员往被子里一钻，就喊起来：“哇，真凉呀，

难得的晴天，女排队员在室外游泳池旁训练

如同在冰冷的水里一样！”“太凉啦！”

队员们有的开始嘀咕：说暖气片早晚声响大，卫生间漏水。说场地不平，木刺划破手、腿。说天天吃鸡吃腻了。又说北京不潮，场地又好，为什么偏要挑这么艰苦的地方来练？

袁指导知道后把队伍集中起来，告诉大家不要喊、不要叫，条件就是这样，没什么可喊的，来这里训练就是让大家吃点苦，不要娇气。

后来，队员们从领队、教练口中得知，在南方所有的训练基地中，郴州基地是第一家在训练馆和运动员宿舍装暖气的。南方不比北方，冬天是不供应暖气的，基地能这么做，已经是绞尽脑汁，尽了最大努力。队里要求大家在生活上不能对基地再提任何特殊要求。

姑娘们听闻这些，内心受到很大触动，练得更起劲了。

说到装暖气，在郴州来说是一件怪事。为什么呢？因为郴州居家过冬就没有暖气，这里装的不是北方那种水暖，而是气暖。

这就带来一个副作用，每天送暖气时，暖气片里进热气、赶冷气，一冷一热“咔咔”“啪啪”乱响。暖气管因为透气，经常往外冒白烟儿，竹棚四周经常烟雾弥漫。

暖气片的怪响，造成了干扰，也增添了一些乐趣。

送气后，“咔咔……咕隆”响声之大，如同火车行驶。有的队员床靠近暖气片，每晚听着床边那清脆而无节奏的声音难以入眠，只好“敲打”暖气片出气。若不是每天大运动量的训练，累得不行，是根本无法进入梦乡的。

除了“暖气片”事件，基地之前还发生过“木炭惨案”。

依然与南方的寒冷相关。

1979 年 11 月下旬，夜晚打霜，天气变冷。基地当时还没有暖气，就在女排宿舍里生炭火取暖。女排训练时，服务员提前把房子烘得暖乎乎的，等大家回来，再把火盆搬到走廊上。有一天晚上，天大寒，队员耐不住寒冷，又把火盆端进屋里，睡觉时忘记端出去，结果差点中毒。

陈亚琼多年后回忆起这件往事，还心有余悸。

“半夜三四点钟，我头痛得要命醒了过来，颈脖不能动，心想：‘这是怎么回事？’叫晓兰、招娣，她们毫无反应。吓得我硬撑着爬起来把窗户打开，又开门去叫队医。一分析是因为门窗全关死了，房中缺氧，三个人轻微中毒。后来，她俩还笑我‘贪心’拣大炭烧引起‘惨案’，我说：‘要不是我，你们就完蛋了。’”

这件事让基地领导急得满头冷汗，袁指导却宽慰说：“没关系的，我们都命大着呢。”姑娘们也把此事当成苦中作乐的笑料，打趣说道：“这下好吧，你们尽选好木炭，太贪了吧，中毒了吧！”

条件艰苦，训练更加艰苦。

女排队员们每天一起来，吃过早餐就钻进竹棚馆里，外面的世界什么样也不知道。上午下了训练，先冲洗汗水吃午饭，然后午睡。午休时间短，往往脚在被窝里还没捂热，又要起来训练。

因为上午练主课消耗大，每天流几身汗，像水里捞出来似的。不少人疲倦难耐，身体处于极限状态。教练黑起脸训：“怎么回事？刚起来就犯困，没精打采的哪像个训练的样子！”大家又打起精神猛练，有时候实在太困，心里又急又苦。

训练馆内地面很潮，不通气，杠铃杆、铁饼、壶铃都

不下雨时，女排队员到北湖公园练耐力跑

生锈，不开灯就像在黑洞里。所以只要不下雨，身体素质训练就在室外游泳池看台底下进行，大家把器材搬到游泳池边上练。

天气阴雨连绵，寒风刺骨。大家盼着出太阳，一出太

阳最高兴，赶紧搬张藤椅到游泳池边晒太阳，或者搬出凳子写东西。

有一天晚上，郴州下起了大雪，屋外一片银白，树上挂满冰凌。姑娘们兴奋得大声嚷嚷，一头扎进雪地里，玩了一会儿雪仗。

1980年，她们第一次在郴州过春节、吃年饭、放鞭炮。整个基地当时只有一台电视机，一大群人围着看，看得津津有味。

这是她们少有的轻松时光。

从1979年到1981年，中国女排连续在郴州集训了三次。郴州清新安静的环境为女排提供了封闭训练的最佳场所，她们心无旁骛、不受干扰地朝着夺取世界冠军的目标不断拼搏，不断收获。

经过竹棚馆的艰苦集训，她们先后夺得第二届亚洲女子排球锦标赛冠军、第三届世界杯女子排球赛冠军，用一系列创造历史的战绩实现了“冲出亚洲，走向世界”的铮铮誓言。

竹棚馆的毛刺，潮湿、寒冷的天气，暖气片的噪声……一切艰苦恶劣的外部条件，都化为她们迎难而上的顽强意志、殊死拼搏的青春热血、为国争光的强大信念。

潮湿难凉热血，苦难成就英雄。中国女排从竹棚起飞走上世界之巅，证明了一个真理：伟大都是熬出来的。

09

THE FIGHTING SPIRIT OF THE CHINESE WOMEN'S VOLLEYBALL TEAM

豁出去练

“豁出去”，就是不惜一切代价。

一个人只要能“豁出去”，就不会给自己留退路，就没有任何包袱，只有誓死必达的坚定目标。

在中国女排，“豁出去练”是一种集体共识，也是女排最终夺取“五连冠”的重要原因。而论最能“豁出去”的队员，不能不提陈招娣。

陈招娣是带着“独臂将军”的传奇色彩走进全国人民视野的。这个名号很像战场上身负重伤依然率队冲锋的英雄，但事实上，陈招娣的英勇体现在不见硝烟却同样生死攸关的竞技赛场上。

那是在1979年第四届全运会上，陈招娣带伤入场，

便有了这个名号。她的左小臂桡骨 7 月初在与日本“日立”队比赛时，第二次断裂。因此全运会赛场上，她用一只右手发球、扣球、拦网、救球，新闻界为之震惊，称她为“独臂将军”。

1979 年 10 月，“独臂将军”随大部队到郴州，备战 12 月举行的第二届亚洲女子排球锦标赛。此时离她负伤不到 100 天。

从内心说，她特别担心伤好不了，这倒不是怕苦怕死，而是怕如果第三次断裂，就得提前结束运动生涯，既拿不了亚洲冠军、世界冠军，又把手废了，所以陈招娣一直顾虑重重。

临行前，女排教练、领队一起做她的思想工作，积极动员她随队来郴州恢复训练。

“放心大胆地练，如果手断了，国家养着你！”他们说。

有了这句话，陈招娣才有了更大的信心和决心。

袁伟民、邓若曾之所以特别看重陈招娣，背后也有苦衷，可以说，中国女排迫切需要陈招娣这份重要力量的加入，才能在亚洲锦标赛上增加胜利的筹码。

陈招娣是场上主力，她的缺席将影响全队实力，也会影响队伍士气。必须调动她的积极性，鼓励她带伤训练。

当时中国女排冲击亚洲冠军的障碍有两个，一是日本队，二是韩国队。而上届亚洲冠军日本队同时还是世界冠

竹棚磨砺，艰苦创业，
中国女排进行拦防训练

军，要战胜日本队，意味着必须具备世界一流水平，任务相当艰巨。

女排全队迅速摆正位置，从零开始，艰苦备战。

陈招娣“独臂”难支，怎么练呢？队里专门安排一位陪练帮她练习拦网。先让她摆好拦网姿势，陪练对着她举起的手臂、手掌轻轻扣球，让她逐步适应。慢慢再由轻到重，增加力量和难度，让她由被动拦网，加速加力，变成主动拦网。

陈招娣的伤还没完全好，球打在痛点上，人就痛得一哆嗦。她就这样一堂课一堂课，一天一天，咬紧牙关挺过来。

12 月 5 日，亚锦赛正式打响，陈招娣的伤仍然没好利落。在与日本队比赛时，第 1 局没让她上，第 2 局开局中国队比分落后。关键时刻，袁指导问陈招娣：“能不能上？”

“独臂将军”陈招娣豁出去了：“能，我上！”她心想："只要把亚洲冠军拿下来了，手废了就废了。"

陈招娣上场后，跑动、拦网、扣球、接应，场上局势为之改观。最终中国队锁定胜局，剑指亚洲冠军，大家拥抱成一团，泪水在脸上肆意流淌。

"豁出去练、豁出去拼"锻造了中国女排如钢似铁的意志，每个队员都克服各自困难、伤病，泡在训练场，忘我拼搏，心里只有排球。

在郴州，大家穿上沙背心跑步，加上沙绑腿练弹跳、负重下蹲，身子悬空腹部压着沙袋练腰、腹肌。还做了仰卧起坐板、打练高台、挡球板等，真正扎在竹棚馆艰苦创业。

那时的女排，在技术上学习男排动作。拦网是盖帽式动作，手下压。防守则要求身体腾跃，强调手的控球能力和起球效果。当时陈招娣和张蓉芳的后排单兵防守已达到日本队的水平。

单兵防守训练最苦，也是队员们最发怵的环节。

为了强化两人的单兵防守能力，教练经常单拎她们做示范。教练满场扣、满场抛，她们满场救球、起球。练到最后，眼里就只剩两个球影，嗓子透不过气来，肚子里翻江倒海，难受得无法形容。

队员们练习防守和滚翻，把皮肤搓破、出血，从不叫痛。老队员有腰伤，练完后队医就在场地上给她们治疗。训练场上很少有人叫苦叫累。基地员工不忍心看她们训练，每次看到那么苦就忍不住想掉眼泪。

队医李家盈熟悉所有队员的伤情，最难忘的是“铁姑娘”曹慧英。

1978年一次国际比赛上，曹慧英膝关节半月板撕裂，住院手术，腿伤未愈，又染上肺病。伤病交加，她本来健壮的身体变得虚弱了。

1980年郴州集训，曹慧英左手严重受伤，大拇指被打断，向后弯曲指甲可以挨到手背。她怕影响训练，瞒着教练、队医，自己用右手把断指扳直，用硬纸壳两边一夹，拿胶布缠上又继续训练。

集训结束回到北京，手指已经不能弯了。李大夫一听，急了：“怎么回事？你怎么不早说！”一照片子是骨折，做了手术。因为一块骨片卡着，后来曹慧英那根大拇指变成直的，弯不了了。

袁指导了解她吃苦霸蛮的性格，对大家说：“你们说到极限了，还能练5个滚翻救球。小曹说不行了，就是不行了。”

曹慧英一身伤痛，却什么都不在乎，天生乐观主义，队里的人、新闻记者就给她起了很多外号，“铁姑娘”“苦菜花”“拼命三娘”。郴州基地跟队服务的张式成甚至还叫她“球场上的祥林嫂”。

曹慧英跟他较真：“这可有区别，祥林嫂的苦那是叫旧社会逼的，我可是自觉自愿吃这份苦的。”这件事，还被作家鲁光写进了文章。

还有福建姑娘陈亚琼，看上去瘦，却一身结实的肌肉。竹棚馆地板硬，她每天训练都擦破皮肉、肿痛瘀血，周而复始，伤疤晚上结好，白天又撕开。

痛得受不了，陈亚琼干脆无所谓了。与队友身体碰撞，她往往没一点感觉，把别人撞得龇牙咧嘴。队友们吃了亏，就送她一个外号：钢铁将军。

传球、扣球、救球、拦网、鱼跃、滚翻、起动、制动、移动、换位、变向、转体……日复一日的大运动量训练，让女排队员身体处于高强度超负荷运转状态下，肌体承受巨大压力，运动创伤接踵而至。

一些运动员出现脉搏加快、血压升高、入睡困难、食欲不振等反应。运动外伤也乘虚而入，肌肉拉伤、关节扭伤等时有发生，损伤率高达 80%左右。

一位世界冠军说：“没有外伤的运动员，不是优秀运动员。”可以说，没有一个运动员能幸免于运动创伤的侵扰。

但同时，“好马不用鞭催，好鼓不用重锤”。没有“豁得出去”的精神，再优秀的运动员也将止步于体育巅峰的“最后一公里”。

10

THE FIGHTING SPIRIT OF THE CHINESE WOMEN'S VOLLEYBALL TEAM

“不寒而栗”的训练

“我已经不寒而栗了，这是什么训练？”

倪萍曾在《日子》一书中描述了令她永生难忘的一幕:“他双臂抱在胸前，满脸通红，网下站着四川姑娘朱玲。‘接着来！’他不容分说地把球砸向朱玲，朱玲顽强地在滚翻救球。‘再来！’球无情地向朱玲身上掷去。‘负30’，朱玲没有接住球，‘负31、负32、负33、负34……’袁伟民根本不顾东倒西爬的朱玲是否能接住球，一个劲儿地把球往朱玲身上砸。朱玲竭尽全力在救球，看上去她一点劲儿也没有了，她大口大口地喘着气，身上汗如雨注。”

这是1984年中国女排即将远征洛杉矶奥运会前夕的一场补课，发生在郴州体育训练基地。当时倪萍等几位演

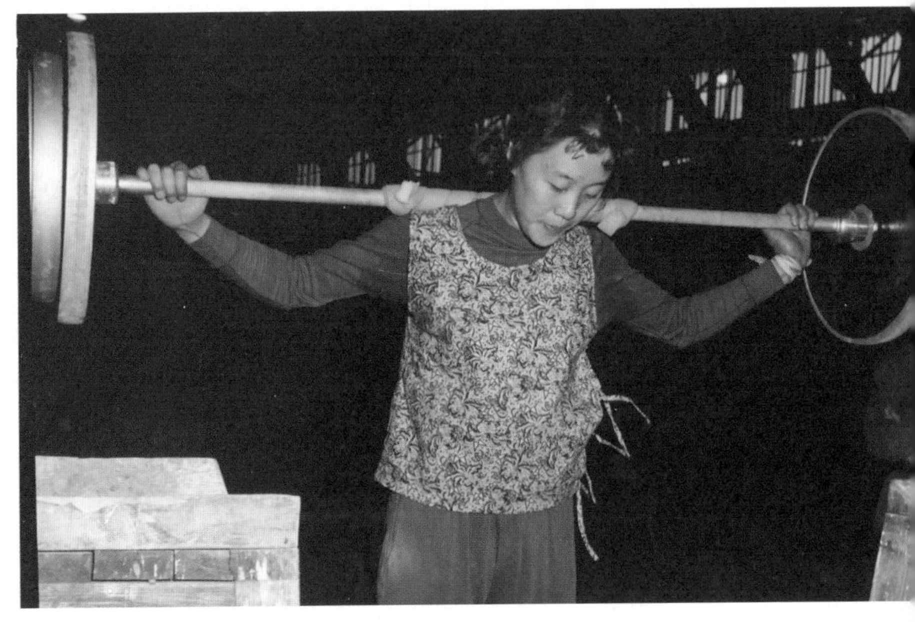

张蓉芳练完滚翻救球又练体能，
花布背心还穿在身上

员因拍摄电视剧《中国姑娘》而被特别批准来基地体验生活。

凡是没接到的球就算负一个，负数越来越多，汗水泪水随着朱玲的跑动在空中飞洒，她已完全分不清东南西北了，却还要再接 50 个好球，才能结束这场补课。

晚饭时间早已过去，厨房的师傅来了，队医站在场外，谁也不敢上前求情，大家眼里噙着泪水。

通往冠军的路原来这样具体，这样残酷。倪萍屏住呼吸站在角落，默默替这个姑娘加油。

"好球！"朱玲开始接球。她的体力极限已经过去，球似乎也可怜她，都准确无误地落到她手上。"负10、负9、负8……"袁伟民指导大汗淋漓地抛球，"正1！"训练结束了，朱玲躺在地上一动不动。

疯狂教练，"魔鬼式"训练，是女排通往冠军路的日常。

曾有青年在上海人民广场认出袁伟民，好奇地问："袁伟民侬会笑伐？侬笑笑看。"当时的报道，把袁伟民描述成"中国的大松""中国的魔鬼"，严厉得很。

慈不掌兵，严师才能出高徒。

为了抓训练质量和指标，加练与补课是常有的事。每天三四堂课，规定要扣多少好球，没扣好就得倒罚，有时补课要补到晚上10点多。为了达到教练的"苛刻"要求，队员们滚、翻、摔、打，皮开肉绽也不顾，每堂课下来都累得精疲力尽。

"再累也要补好课。"关键时刻，老队员起了模范带头作用，给新队员传递顽强的信念、拼搏的意志，尤其是百分之百不打折扣的执行力。其中女排的顶梁柱孙晋芳给人们留下了深刻印象。

在郴州冬训时，队伍时常外出拉练，一方面用实战检验训练成果，另一方面适应不同环境，目的都是磨炼队伍。

一场紧张激烈的比赛后，观众起身准备离场，突然听到一声口哨响，只见袁伟民教练站在网前，接过姑娘们递给他的球，一个接一个地朝网的上方抛去。一会是近网，一会是远网，一会这边，一会那边。

原来，袁指导认为大家情绪不到位，球打得不顺，所以临时决定补课。球向主力队员孙晋芳砸去，孙晋芳刚刚打完一场激烈的比赛，体力消耗很大。但作为队长、二传手、场上的灵魂，袁指导揪她揪得最多。队伍的问题，就是队长的问题，队伍整体表现不好，队长就要重点补课。

只见孙晋芳时进时退，来回助跑起跳，挥臂击球。许多观众重新回场，留下来看“补课”。上百次大力扣球、上百次滚翻防守，孙晋芳咬紧牙关拼命练，袁指导问：“练得顺不顺？”她响亮地回答：“练得顺，来吧！”这场令人印象深刻的补课，直到深夜 11 点才结束。

身体超负荷运转的极限，孙晋芳用精神和意志撑了过来。后来，孙晋芳回忆说：“女排精神是什么？不屈不挠，顽强拼搏，在逆境中敢于胜利，在掌声中继续奋斗，这就是我所理解的女排精神，它永远都不会过时。”

1980 年冬训，还发生过一场特殊的补课。

一天下午，训练结束了，周鹿敏、汪亚君、朱玲三人没有完成规定的指标，只能留下来补课，一人接发球，一人二传，一人扣球。扣 3 个战术球算 1 组，共补 5 组，而且必须扣出 3 个好球才算 1 组，如果 1 组中失误 2 个，不仅不算，还要倒罚 1 组。

袁指导隔网发球，其他队员一边帮忙捡球，一边为她们加油。

课补了 1 个多小时，指标还没有完成。袁指导问：“谁愿意帮她们完成？”当时还是年轻队员的郎平挺身而出：“我！”她原以为自己助队友一臂之力后，指标很快能完

1982 年 7 月，陈亚琼在进行力量训练

成。没想到袁指导对她的扣球，尺度要求更严。练来练去，负数越来越多，到吃晚饭时还出不了竹棚馆。

郎平气得火冒三丈，举手说："教练，暂停！我们要研究研究。"暂停过后，由于情绪不稳定，仍不见效。郎平又举手气鼓鼓地说："让我们休息一下。"袁指导笑嘻嘻地回答："可以。"

郎平走到墙跟前，脸对着墙，装作整理衣裤，其实是在抹眼泪。汪亚君、周鹿敏也急哭了。休息之后再练时，郎平急红了眼。"咚！咚！"使劲扣，什么委屈、伤心、埋怨、愤怒全都没了，把所有情绪都发泄到了训练上。

几个人打红了眼，联合起来与教练"斗"，终于补出了一堂高质量的训练课。这堂课从下午 5 点半一直补到了晚上 9 点才结束。

女排姑娘们也是血肉之躯，作为女人情感更为敏感。这次补课队员的思想斗争非常激烈，心里怪教练太苛刻，恨不得咬教练几口，甚至还想卷铺盖不干了。但长期的艰苦训练，练就了她们"咬定青山不放松"的执着、"千磨万击还坚劲"的韧劲，既然选定了这条路，就要坚定地走下去。

而对于教练来说，特殊的补课，有更深远的作用。以小组为单位完成训练指标，相互"株连"，必然会有矛盾，甚至互相埋怨。而"疯狂"补课就是要磨炼球员的集体主义精神，一荣俱荣，一损俱损，只有相互鼓劲，相互弥补，才能把全队拧成一股绳。

“残酷”的补课，加上以老带新，建成了一支强有力的后备梯队。

郑美珠入队时，年仅17岁。她发自内心热爱排球，一上训练场，就像旱天的鹅见了水一样欢喜。有时为了改正一些错误动作，她不等教练喊“补课”，就闷声不响地自己“罚”自己。由于肯吃苦，舍得下功夫，郑美珠练出了一手好球，成为国际大赛中那些外国“大魔头”最害怕的“怪球手”。

通过一堂又一堂终生难忘的训练课，女排队员们不断超越自我，并渐渐凝聚起共同的精神，那就是：勤学苦练，顽强拼搏，同甘共苦，团结战斗，刻苦钻研，勇攀高峰。

11

THE FIGHTING SPIRIT OF THE CHINESE WOMEN'S VOLLEYBALL TEAM

在单调中专心致志

郴州的安静，似乎一根针落在地上，都能听到。

和当时全国许多尚未开发的小地方一样，郴州路上行人稀少，一派冷清。城区狭小，十多分钟就可走完全城。这里没有大商场，没有繁华闹市，街边多是老式平房，陈旧古朴，像是落后了一个时代。

夜晚基地四周非常安静。房间里没有电视，也没有电话，姑娘们就在灯光下，拿起纸笔"唰唰唰"给远方亲人写信。

第一次封闭训练60天，每天总是宿舍、竹棚馆、餐厅"三点一线"，外面的世界是什么样子，姑娘们并不知道。下了训练她们最盼望的就是收信。

郎平写信最勤，一下训练就跑去传达室："师傅，有我的信吗？"老师傅就开玩笑："有，你姓郎，叫郎平。"

单调的生活，无人打扰，大家心无旁骛搞训练。在郴州封闭训练 60 天后，队伍直接前往繁华热闹的香港，队员非常不适应。第一天坐在房间里，曹慧英突然听到电话铃声大作，竟吓得全身一抖。这声音太响，太陌生了，她已经有两个月没有听见那么大的声音。

可见，中国女排的赛前集训"封闭"到了什么程度，真有与世隔绝的感觉。

在北京训练时，一个大的训练馆里有几个队，开餐时 10 多个队挤在一个大厅里，很热闹。在郴州，一个训练馆里就女排一个队。队员们很少外出，累得哪儿也不想去，街道东南西北都分不清。

每次集训完回到北京，姑娘们在街上甚至不敢横过马路。大街上汽车、自行车川流不息，她们眼睛不够使，脚也不知道怎么走路，活像一个个"村姑"。

别人开玩笑："怎么你们每次集训后都呆头呆脑的？"这种傻气，正是队员们专心致志刻苦训练的产物，和球场的拼劲一起，成为中国女排的鲜明特色。

当然，弦绷得太紧就会断，封闭训练再狠，也需要调剂。

这种调剂有基地安排的，也有教练安排的，更多的是自我调剂。

郎平专心致志训练

每次集训，基地都会安排几个周末到市人民电影院、郴县电影院、地区电影公司看电影，算是“高级休闲享受”。

不过不能因为看电影耽误训练，所以“高级休闲享受”也有苛刻条件。尤其是1981年集训备战世界杯期间，抓得更紧，只有几个周六晚上和春节初二白天可以“放放风”。周六晚上看电影不能超过10点，因为第二天上午还得接着训练。

姑娘们印象最深的，是到电影公司看纪录片《第二次交锋》，拍的是中国女排1980年5月在南京国际邀请赛

上同日本队的比赛实况。当年由于苏联－阿富汗战争爆发，许多国家联合抵制在莫斯科举办的第二十二届奥运会，中国女排失去了一次很好的实战机会。于是中国排协特意举办国际排球邀请赛，中、美、日、韩四支队伍参加。

邀请赛的重头戏是世界冠军日本队与中国队的交手。当时中国女排整体技术、身体素质、心理年龄正当其时，双方你来我往、真刀真枪地较量，把技战术发挥到极致。

这场比赛是 1979 年 12 月亚锦赛后双方的第二次正式较量，因此片名就叫《第二次交锋》。虽然是看电影，但更像是业务学习，教练要求大家通过看电影了解日本队的打法和队员特点，为年底世界杯赛与日本队再次交锋做准备。

所以，教练安排的调剂，都是变着法子训练。

有一次全队外出调整，说星期天上午登苏仙岭。邓指导神秘地说：“山顶上有苹果树和别的水果树，已经联系好了，爬上去可以摘了吃。”姑娘们兴高采烈，争先恐后顺着石阶使劲爬，一口气爬了一千多级。所有人气喘吁吁到了山顶，却连个苹果的影子也没见着。

姑娘们又好气又好笑，仔细想想，南方哪儿长苹果？春天又怎么长苹果？教练居然把唯一的一次外出调整，变成了身体素质训练。

更多的调剂，则是苦中作乐，自我解压。

1981 年春节，郎平、周晓兰、杨希表演小合唱

1980 年集训时，郎平才 19 岁。她最盼望周末晚上来临，拿张椅子到电视房抢座，看美国电视连续剧《大西洋底来的人》。不过周六晚上经常去市里打教学比赛，打完比赛又累又困，看电视的机会也并不多。

有时候晚饭后有片刻休息时间，姑娘们喜欢拿着面包屑、馒头屑，顺着北湖公园林荫道，去猴山逗猴，去金鱼池喂金鱼。

但她们也不敢待久了，一会儿晚上又得训练、业务学习。

还有一天上午8点，队员们整队集合，恭恭敬敬地听邓指导安排训练内容。忽然一只硕大的老鼠不知从哪里钻出来，在姑娘们脚底一阵乱窜，竹棚馆里尖叫声四起，队伍四散而逃。身材高大的女排队员，被一只不按常理出牌的老鼠“打败”了。

邓指导正拿着本子在讲，抬起头队伍已经散开。他开玩笑说：“一只老鼠嘛，怕成这样子，我当是来了一只老虎呢。”姑娘们也哈哈大笑起来。

训练馆里怎么会出现老鼠呢？原来，基地工作人员在两个竹棚馆之间搭起简单住房。场馆之间长期有住户，自然就招老鼠了。

集训生活枯燥单调，女排队员们却目标坚定、一心一意。从枯燥、艰苦的训练之余打捞出的这些快乐碎片，是中国女排乐观主义精神的写照。

正是这种在困难中始终积极向上的精神，陪伴这支世界级球队闯过一道道难关，开创了世界排球史上第一个“五连冠”的辉煌成就。

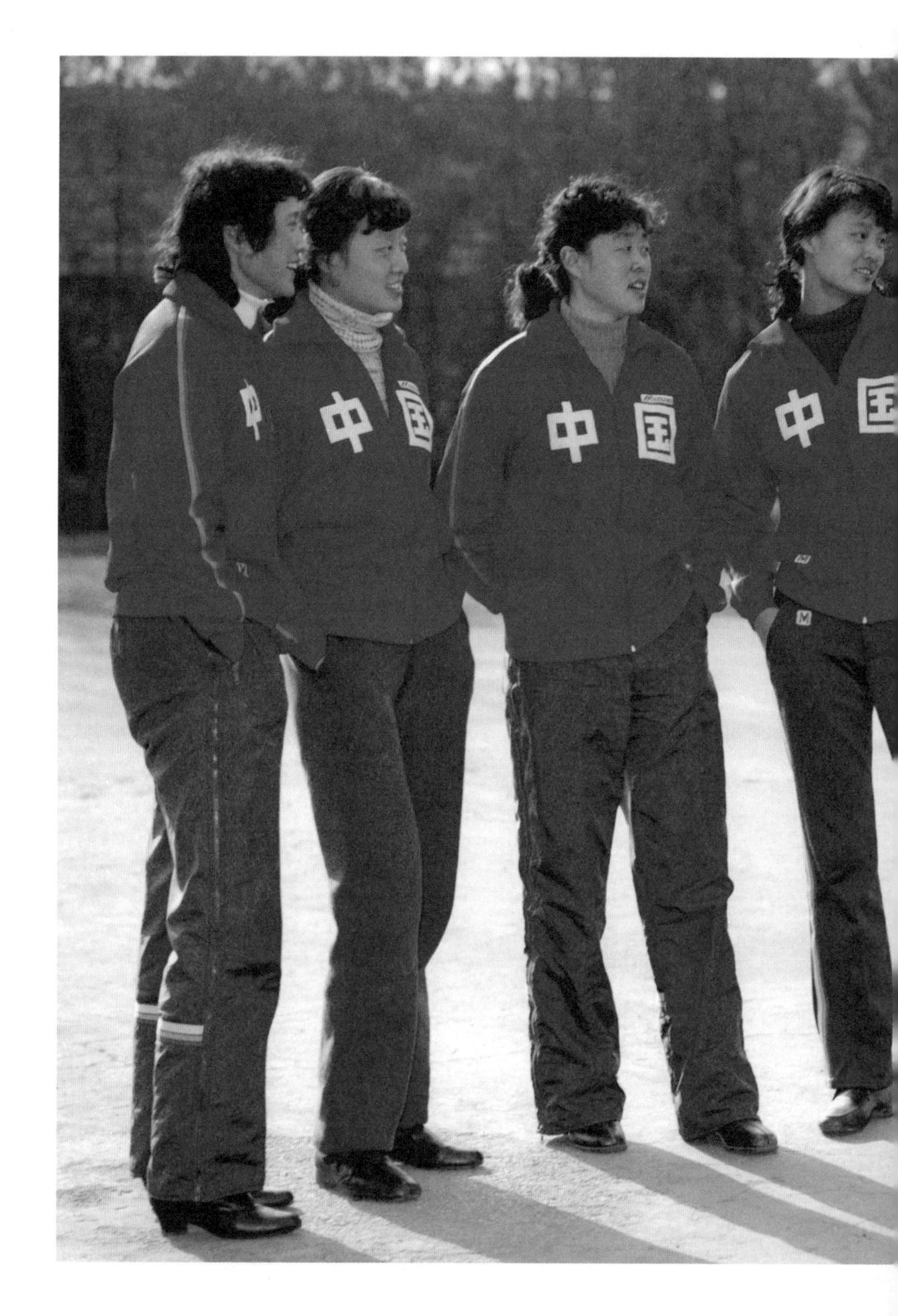
中国
中国
中国

1982 年春，
第一次夺得世界杯冠军的女排姑娘们：
曹慧英、杨希、孙晋芳、周晓兰、郎平、张蓉芳

12

THE FIGHTING SPIRIT OF THE CHINESE WOMEN'S VOLLEYBALL TEAM

衡阳补课

教和学是一对矛盾，在每天近乎严苛的训练中，没有矛盾不可能。

中国女排之所以能成为坚强的战斗队伍，就在于树立了一条法则：在教与学发生矛盾时，无条件服从教练。赛场如战场，队员以服从命令为天职，没有讨价还价的余地。

1981年女排郴州冬训，发生了有名的“衡阳补课”事件。在这次“补课”中，中国女排一切行动听指挥的严明作风首次展露在公众面前，也让更多人对中国女排肃然起敬。

这一年冬训，又赶上过年。大年三十晚上，郴州的地、市领导来基地陪女排吃年夜饭。当时，郴州从政府到地方，从基地到市民，都以中国女排为荣，把女排队员当作亲人。

队员们的喜怒哀乐、急难愁盼，就是十几万郴州人心中最大的牵挂。

女排在郴州过年，作为“娘家人”，怎能不热情招待、把酒言欢？吃完了年夜饭，又进行了娱乐晚会，郴州各界代表自发来到基地，与女排姑娘们欢聚一堂，载歌载舞，其乐融融。在这个南方小城，女排队员们度过了一个难得的轻松开怀之夜。

轻松只在一瞬间，艰苦训练才是女排的常态。

大年初二，女排北上衡阳打表演赛。

说是表演赛，其实就是拉练。这种训练方式国际通行，

张蓉芳练习快攻，上身穿着花布背心

在这个城市打一场，马上又坐着火车、汽车、飞机到另一个城市打下一场。拉练的目的是锻炼运动员的体能、耐受力、适应力，因为连续奔波很容易休息不好，对体力消耗很大，能打好拉练，就可以最大限度地提高应变能力。

然而，对于每天都在高强度训练、处于疲劳和伤痛中的中国女排来说，拉练的考验不小。从 1976 年组队开始，到 1980 年的五年间，中国女排总共只打了 120 多场比赛，只有国外强队的一半。所以郴州集训的一个重要训练就是外出拉练。

老式大客车在寒风中疾驰。

春节刚过的湖南寒风刺骨，看上去并不像北方那样冰天雪地，甚至下雪天也屈指可数，但潮湿助长了寒冷，北风一吹，就冷得让人发抖。许多北方人都以为南方冬天暖和，到了南方才知道厉害。

女排姑娘们也深受这种气候之苦。

正是过年期间，人们都在家中团聚，茫茫大地杳无人迹。客车默默走了 3 个多小时，到了衡阳。

衡阳这座古城，湘江和蒸水环流其间，到了冬季，烟波浩渺的江边一片平沙，北方的大雁归来，在空中低回，几只降落的大雁仰天鸣叫，与空中飞翔的雁群响应成一片。继而雁群徐徐敛翅，纷纷落于沙丘之上。长天、雁群、江岸、水波，构成最美的潇湘八景之一——平沙落雁。

这是衡阳冬日最美的风景，姑娘们却无暇观看，初二、初三两天满满的拉练计划，又将迎来一场苦战。

当天晚上，衡阳市体育馆座无虚席。远近的群众听说中国女排来了，云集体育馆，争睹女排的风采。这个说，嚯，你看郎平，好高大啊！那个说，周晓兰，我最喜欢她呀，又漂亮又能打球！

表演赛在热火朝天的氛围中开始了。

可是，这天的中国女排慢热，打了许久都没进入状态，不但没有兴奋起来，一些技术动作也变形了。

这一切都被教练袁伟民看在眼里，虽然观众一如既往地欢呼鼓掌，但袁伟民知道，女排这次表演赛出现了问题。原来是天气在作祟，这次女排入住的宾馆和比赛的体育馆都没有暖气，大家冻得打哆嗦，难以进入状态，思想上也有些应付。

可是在正式比赛时，是没人跟你讲条件的，再冷再热，都要马上调动状态，投入战斗。袁伟民心里有了一个决定。

晚上 9 点多，表演赛打完了，观众正在退场。

袁伟民冲着队长孙晋芳问："小孙，你看今天晚上打得怎么样？"

知道情况不妙，孙晋芳直截了当地说："打得不太好。"

"为什么打得不好？"

"情绪不高。"

“为什么情绪不高？”

孙晋芳不吱声了，女排的队风是不能强调客观原因，只认最后结果。领队张一沛、教练邓若曾也围了过来，教练组一致决定：补课。

走在后面的观众听到球场上又开始“嘭嘭”地打起来，以为又打比赛了，纷纷留下来观看，已经离场的观众听闻也折返回来。

从9点多补练到11点多，女排姑娘们振作精神在寒冷的球场又叫又喊，练得满身大汗。观众被气氛感染，纷纷大力鼓掌，为女排队员们加油。

这真是世界排球史上罕见的一幕。一群身穿大棉袄的观众，嘴里鼻里哈着热气；一群排球运动员，身着短衣短裤，大汗淋漓。

补课中途，郎平头晕，她说：“指导，我有点恶心想吐。”袁伟民说：“那就吐吧，吐完再练。下半年在日本8支强队交锋，我们要连打7场，万一你顶不住怎么办？”于是郎平吐完接着练。

练完回来已经是凌晨，澡堂没有暖气，姑娘们哆哆嗦嗦洗完澡，才开始吃饭。吃完夜宵紧接着开会，一直开到凌晨1点多。

队长孙晋芳带着做检讨，接着是主力队员，然后是替补队员，大家都来总结这次表演赛出现的问题。

第二天上午整风会议还在进行。袁伟民严肃地指出，年底就是世界杯了，来不得半点含糊，中国女排不管遇到任何客观困难，都不能退缩，不能犹豫，必须迎着困难上，拼搏，拼搏，再拼搏。

这一番敲打，再一次整顿了作风，凝聚了队伍。

在郴州，这样的“敲打”是家常便饭，特别是对女排队长孙晋芳而言，就太平常了。袁伟民后来总结执教八年的带兵经验，特别提到了敲打孙晋芳的用意。

当年的孙晋芳是一队之长，又是二传手。她一度想不通，一心只想打好二传，并不想当队长，她问袁伟民：“我当队长，有什么好处啊？批评挨得最多。”

袁伟民告诉她，队长的最佳人选就是二传手，二传手是场上的灵魂，负责穿针引线、组织战术，当队长有利于训练和比赛。训练中她不但要练好自己，还要带动全队。

因为“队长”重任在肩，不管孙晋芳自己练得多自觉、主动、卖力，只要队员情绪不高，或者新队员没练好，教练就会拿她“开刀”，让她找问题。很长一段时间，孙晋芳不适应，也不愿意当队长，袁伟民就给她出难题：“来来，给孙晋芳加班加点。”“今天小孙什么时候练顺了，我们什么时候下课。”

所以，“衡阳补课”这件事，对孙晋芳来说，毫不意外，队员情绪、状态的管理，就是队长的责任。她在这种“敲打”

1982年7月，中国女排队员在进行身体素质训练

中国
2
中国
中国
7

中迅速成长壮大，成为世界排坛的名将。后来拿到世界冠军，当孙晋芳一个人荣获三个奖杯时，袁伟民笑着问她：“你说有什么好处啊？”孙晋芳发自内心地笑了。

感谢“敲打”，感谢“衡阳补课”！中国女排就是在这样无数次的“敲打”和“补课”中锤炼出来的。永不放弃、奋勇拼搏组成了女排精神的坚实底色，激励一代又一代女排运动员，也深深感染着普通大众。成功之路没有捷径，血泪相伴的拼搏岁月，永远镌刻在夺冠的奖杯之上，熠熠生辉。

13

THE FIGHTING SPIRIT OF THE CHINESE WOMEN'S VOLLEYBALL TEAM

新技术和新战术

人类的每个进步，都伴随着科学对抗愚昧的胜利。

中国女排夺得“三连冠”“五连冠”，不是偶然事件，也不是蛮练死练，而是科学训练和技术革新的辉煌成果。

很难想象走出这条路有多难，一如从废墟中建起摩天大厦。

中国女排自1976年重新组建，就以科学训练为指针，探索有鲜明个性的新技术新战术新打法，形成强烈的自我特色。

科学训练的尺度，决定中国女排究竟能走多远。这个尺度，就掌握在以袁伟民为核心的教练组身上。

首先是制订科学计划，博采众长，大胆创新，充分利用制胜因素。

从 1979 年到 1981 年，连续三年郴州集训，袁伟民把中国男排的一整套快攻打法，包括世界女排尚无人掌握的“短平快”“平拉开”等快攻技术，大胆地移植到女排，并发展了“短平快错位”“串平”等快攻新打法。同时，球场上 6 人都参加快攻，不仅是副攻手，连主攻手也尽可能发挥快攻的作用。如张蓉芳“平拉开”扣球的节奏达到 0.8 秒，比男排都快。不仅是接应二传参加快攻，连二传手也采用“两次球”的快攻打法进行偷袭。这种人人都能参加快攻的打法，开创了世界女排的先例，成为中国女排制胜的重要法宝之一。

知己知彼，才能百战不殆。

强化快速进攻，是空间和时间上的竞争。如果空间上占不了优势，就要在时间上创造优势，充分发挥速度的作用。这既符合排球运动的规律，又符合我国运动员身高欠缺而灵活快速的实际。遵循这一科学理论，中国女排在快速制胜方面为世界排坛树立了典范。

强化战术多变，是进攻和防守的转换。在进攻与防守的战术打法上，变化越多，效果越好。据统计，中国女排有 15 种快攻战术变化。这也是女排姑娘面对 1.96 米高的美国海曼和有超凡弹跳能力的古巴队员，仍能成功突破网上封锁，克敌制胜的重要原因。

其次，科学训练还包括聚焦重点，挖掘潜力，形成“杀手锏”。

1984 年女排在郴州集训备战奥运会，连春节期间都是每天七八个小时高强度训练，一口气拼搏了 70 天。

苦练不是盲目练，应抓得准、抓得狠，聚焦技战术重点项目，不见成效不放手。具体来说，狠抓特长项目的同时，突出发球和拦网两项攻坚项目，因材施教，不断形成新的绝招，“这对日、美比赛起了很大的攻击性效益”。

拿“前区发球”来说，就是针对美国队强攻特点来抓的。当时号称“世界第一扣球手”的海曼身高 1.96 米，再加上手长，助跑摸高达 3.33 米，扣球力量大、速度快，1 秒钟球可飞行 30 多米，堪比男运动员。

袁伟民、曹慧英师徒研究发球技术

怎么抑制她的进攻呢？那就练习“前区发球”，即对着海曼的前排位置发，发在 3 米线内，使她接了一传又要扣球，这样她来不及后撤，跳不了很高，不好发力，就便于中国队拦网。

1981 年集训有段时间，早晚都练“前区发球”，练来练去总围绕“前区发球”，一次要发 30 个，10 个在 4 号位，10 个在 2 号位，10 个在 3 号位，都要是“好球”，发不好要受罚。有队员想不通，背地里嘀咕“发球也花这么长时间练呀”“发神经似的发、发、发”，结果到年底世界杯赛跟美国队打，效果立判。

前区球直接给海曼，她不接不行，接了后撤不及，不能跳得很高，扣不好球，进攻被抑制。这样一来美国队全队的进攻节奏就被打乱了。

这时，大家对袁指导在郴州冬训的部署佩服得五体投地。

发球制胜的例子还有很多，洛杉矶奥运会上中美决赛第 1 局，打到 14 ： 14，袁指导换上了“天才发球手”侯玉珠。侯玉珠上场连发两球，帮助中国队拿下了关键性的第 1 局，为夺取全场比赛胜利奠定了基础。

而说到拦网，不得不提陈亚琼。

陈亚琼的拦网、扣球，跳起来腰腹肌控制好，滞空时间长，拦网动作像男子篮球运动员的“盖帽”。教练根据她的拦网高度、滞空能力，把男子式的盖帽拦网作为一项先进技术来强化、定型。

为了提高起跳、拦网速度和准确率，陈亚琼奇思妙想，琢磨出自己的一套训练方法。她用快速甩打实心球来强化动作节奏感，一只实心球，走到哪带到哪，完成训练指标后，就加练甩打实心球。三年集训，竹棚馆西面墙上被打出了几大块密密麻麻的球印子。

她还有另一项被强化的先进技术，是男子式的鱼跃救球。

1981 年世界杯赛，中日争冠赛的最后 1 分，就是陈亚琼用鱼跃救球救起快落地的险球，经孙晋芳传给郎平扣死的。

实际上，从 1980 年起，中国女排开始大胆创新一批保密技术，如单脚背飞、背快、背溜系列等，女排队员们日思夜想，像“走火入魔”一样，晚上做梦也在扣球、拦网，手打脚蹬，经常掀开被子。

1981 年 3 月，世界杯亚洲预选赛在香港举行。首场对阵日本队的比赛中，孙晋芳在 2 号位突然背传平球，而背后并无进攻队员。按照过去的经验，这属于二传失误。日本前排队员不再拦网，后排队员正准备击掌庆祝，周晓兰从 3 号位突然快步奔向 2 号位用“单脚背飞”的新技术把球扣过去，正好打在互相拍手的日本队员嘴巴上。

1982 年 7 月，
女排队员们耐心听袁伟民教练讲解

这是“单脚背飞”首次在国际赛场上亮相，连同“快抹”等其他新技术，在香港的首次实战检验效果都非常好。

根据“五连冠”时期世界大赛的数据统计，中国女排“快速反击”命中率高达60%以上，快攻得分占总扣球得分的30%以上。“快速反击”的超前战略和不断创新的多种快攻技战术，形成了中国女排的绝招。

这一切得益于科学的训练。即遵循排球运动发展规律，充分运用制胜因素；结合实战需要，科学地挖掘运动员潜力；重视科研和情报，博采众长，形成绝招，走出独特的自我发展道路。

中国女排的新技术新打法，让世界各国耳目一新，纷纷积极学习和模仿。在那段辉煌岁月中，中国女排一直走在世界发展的前面，引领着世界排球运动的新潮流。

14

THE FIGHTING SPIRIT OF THE CHINESE WOMEN'S VOLLEYBALL TEAM

伤情表与计划表

中国女排有一句格言：只有付出超人的代价，才能取得超人的成绩。“超人的成绩”，有目共睹，而“超人的代价”是什么，却鲜为人知。

郴州基地档案室内保存着两张表格，来自中国女排1984年集训期间。一张是《国家女排机能、伤病情况周报表》，详尽记录着中国女排姑娘们在训练中的伤病情况；一张是《周训练计划表》，是袁伟民教练在当年3月制订的一份周训练计划。

如今两张表格静静地躺在档案室，隔着近四十年光阴岁月，经历近四十载风霜雪雨，默默诉说尘封已久的故事和永不熄灭的女排精神。

“伤情表”背后，折射出夺冠的代价与牺牲。台前的光辉璀璨，是无数艰辛、无数忍耐后的力量爆发，看到高光时刻，也应谨记一分收获甚至要付出十分耕耘。

让我们翻开这张“伤情表”，还原一些岁月片段。

“郎平——双膝症。2 月 15 日后因运动量加大反应加重，2 月 20 日双膝疼痛睡不好，右手三角软骨盘旧性损伤。2 月 26 日上午，左眼被拦网反弹球击伤，左眼视网膜黄斑下水肿，视力下降。27 日训练中再度被球击中头部，本周前两天训练防守滚翻时觉头晕、恶心，除对症处理，从 3 月 1 日起，每天服天麻炖鸡，近两天症状好转，坚持正常训练。右膝髌上膜炎，右膝髌尖末端症。右手尺骨侧屈腕肌腱鞘囊肿，左腕外侧列韧带损伤（轻）、阑尾炎（轻）。4 月 1 日右手三角软骨盘及双胫骨局部封闭止痛，坚持训练……”

“张蓉芳——2 月 15 日运动量加大后腰部症状反应加重。腰 4—5 椎间盘突出。右手腕腱鞘炎，右手背侧腱鞘炎加囊肿。3 月 14 日患感冒发烧到 38.2 ℃，休息 1 天，参训。双膝创伤性滑膜炎，右骶髂关节炎，右胫骨粗隆骨膜炎。3 月 28 日上午比赛时左膝髌骨软骨急性损伤。3 月 31 日上午右踝韧带挤压伤。4 月 1 日左手拇指掌指关节及右胫骨局部封闭。右手腕背侧腱鞘炎加囊肿……”

“周晓兰——双膝创伤性滑膜炎，有积液，以右膝为

杨锡兰在训练之后

重，2月15日运动量加大后反应加重。2月17日膝痛睡不着，下蹲动作困难。3月15日，双膝疼痛难入睡，目前控制运动量……”

“杨锡兰——2月17日左手掌指关节挫伤，左侧骶髂关节慢性损伤。3月5日头晕有双影。3月6日至11日，腰双侧骶髂关节常有小错位，左膝髌下腱附所区损伤……”

“郑美珠——左膝慢性创伤性滑膜炎，左膝外侧副韧带旧性损伤，滑囊炎及附所区损伤，右膝创伤性滑膜炎……”

“梁艳——双膝髌骨末端症，髌骨劳损，右膝髌骨滑囊炎、上腱炎，右肩被损伤、左肘关节滑膜炎……”

“伤情表”上还记载着姜英、李延军、杨晓君、朱玲、苏慧娟、侯玉珠的身体状况，无一不是带着满身伤病在摸爬滚打。

伤痛来袭，女排队员们并未休息，痛得实在受不了，就打了封闭接着练。全队没有一个人有一双健康的膝关节，大多数人的腰、肘、肩、腕、掌都伤痕累累，常常是旧伤未去，新伤又来。就这样旧伤加新伤在训练和教学比赛中无休止地重复。

为促进队员们肌体恢复，队医田永福每天晚上都要给姑娘们按摩治疗到11点。有时碰到女排补课，田大夫就焦急地候在场边，生怕队员受伤。看到队员们练到虚脱痛哭，练得一脸苍白、浑身无力，还在坚持不懈地扑球、扣球，他心疼不已，下决心要采取一切手段帮助她们防治伤病、消除疲劳，健康有活力地投入训练和比赛。

另一份《周训练计划表》又写了什么呢?

这是1984年3月19日至25日的一周。从这张表里可以看出，中国女排的日历上没有星期天，只有“星期七”。一周七天被训练、比赛、学习、开会塞得密密实实。训练时间常常是有起点，却没有终点，上午练到中午一两点下课，下午练到晚上七八点下课。奥运夺冠的使命感，使女

1982 年 7 月，
陈招娣在进行身体素质训练

排队员深感“无权休息”，唯有加倍苦练。

与此同时，表里也显露出一股科学训练的气息。

训练目标明确，即备战1984年洛杉矶奥运会。这一周目标更为精准，集中研究对美比赛的策略，不仅有针对美国队的防守反攻、接发球、一次攻、扣球，还有看录像、研讨、技术讲解、小结等。这周还安排了两次比赛，由培训教练们模拟美国队的阵容和打法，与女排演练。

70天令常人窒息的不间断苦练，磨合出了一支全新的队伍。老队员像大姐姐一样带头表率，悉心传授，新队员勤学苦练，迅速成长。这还是70天前的那支队伍，人还是那些人，这又不是70天前的那支队伍，老、中、青三拨队员拧成了一股绳，具备了再次问鼎世界之巅的能力与意志。

伤情表与计划表，见证了中国女排为夺取“三连冠”走过的布满荆棘的道路，也见证了女排精神焕发出的无坚不摧的力量。

○洛杉矶之战

○『五连冠』伟业

腾飞·辉煌伟业

○冲出亚洲

○锋芒初现

冠军，对我们的确是最终的目标和最高的荣誉，
但我们从中得到的更宝贵的东西是：自强不息的精神。

——郎　平

15

THE FIGHTING SPIRIT OF THE CHINESE WOMEN'S VOLLEYBALL TEAM

冲出亚洲

能用人者，无敌于天下。

1979 年 12 月，中国女排从郴州出征香港，在第二届亚洲女排锦标赛上以 3 ： 1 的比分战胜日本女排，结束了 20 年不敌日本女排的历史。最终中国女排 6 战全胜，首次夺得亚洲冠军，实现了“冲出亚洲，走向世界”的目标。

能打败世界冠军日本队，一个重要原因就是，中国女排催生了一批令对手望而生畏的尖子选手。

在那届亚锦赛上，郎平脱颖而出，一记记势大力沉的凌厉扣杀，给日本队以沉重打击；张蓉芳这个“难以对付的怪球手”，让日本队摸不清扣球规律；孙晋芳的二传，陈亚琼、周晓兰的拦网，打得强悍的日本队失去了往日威风。

可以说，众多尖子的冒出，扫平了中国女排冲出亚洲的障碍，这些尖子，后来成为“三连冠”“五连冠”的核心成员。她们的迅速成长，得益于赛前60天的郴州集训。

1979年10月，中国女排练兵郴州，备战亚锦赛。为了祖国的荣誉，由6名党员、6名团员组成的女排队伍心甘情愿吃苦，但能否打败日本队，她们心里并没有底。

白天她们全身心投入训练，晚上反复观看日本队和韩国队的录像，分析双方优缺点，展开实力对比，总结过往比赛的经验教训。

一看一比，思路马上清晰了。强队也有软肋，日本队虽然作风顽强、防守过硬、经验丰富，但当时正处于新老交替、青黄不接之时，技术实力相比全盛时代已经在走下坡路。而中国女排正处在上升期，身体素质越来越好，技战术各方面日趋成熟，全队平均年龄只有21岁，平均身高1.77米，比日本队高4厘米，并且还出现了像郎平、陈亚琼这样进攻强悍、拦网突出的“王牌队员”。

客观分析，在争夺网上控制权这一关键环节，中国队已有条件打败日本队。

信心逐步树立起来，大家练得更自觉、更刻苦。一天8小时大运动量训练，每个人都用顽强毅力跟苦累作斗争。

主力队员周晓兰为了提高腿部力量，一丝不苟练静蹲，

1979年9月，郎平在比赛中

刚开始练 3 分钟大腿就发抖，后来竟然能一次蹲十多分钟，每练一次，豆大的汗珠直往下淌。

打硬仗、打恶仗就不妨把困难想够，采取各种措施，提前做好一切准备。比如提出“十个怎么办”用来应对突发情况：临场慌乱怎么办？特长发挥不好怎么办？几锤子打不死怎么办？对方进攻点“活”怎么办？等等。

在尖子队伍培养上，中国女排有一双慧眼。

破格起用郎平，就体现了中国女排领先世界的科学用人观。

1976 年女排刚组队，北京青年队教练告诉袁伟民，队里有个好苗子，叫郎平。郎平这个名字，刻在了袁伟民心里，他一直关注郎平的一举一动，发现她虽然稚嫩，但综合条件不错，特别是争强好胜、不甘落后的性格，让袁伟民暗暗欣赏。

1978 年，中国女排参加世锦赛，暴露出强攻不强的弱点。“要从长计议，下狠心解决这个问题。”袁伟民将年仅 17 岁、身高 1 米 85 的郎平吸收入队，重点培养。

年底亚运会，中国队大胆起用进队才两个月的郎平，而当时的主力强攻是张蓉芳、杨希，郎平的水平并没有超过杨希。在对战韩国队时，郎平担任主力强攻。没想到，这张陌生的面孔将韩国队打得措手不及，她们以 1 ∶ 3 败北。

但在与日本队争冠时，郎平的表现与上一场判若两人，中国队输了。“常格不破，人才难得”，破格起用郎平，是要交学费的。袁伟民力排众议，坚决把这步棋走下去。

半年后，中国女排访问日本，郎平已成为绝对主力。再次交锋，日本观众惊讶万分，中国怎么突然冒出一个威力无比的新秀。这次访日，中国队第一次取得胜多负少的佳绩。日本报纸发表评论称：“郎平——中国女排新兵器”“郎平打乱了全日本女排的阵脚”。

又经过郴州集训60天的艰苦磨炼，郎平身体素质、技战术水平再上新的台阶。第二届亚洲女排锦标赛上，她扣球凶狠，技术全面，成为极具威慑力的存在，凶狠的扣杀让对手叫苦不迭。

郎平的名字随着电视转播家喻户晓，传遍全球。

而张蓉芳，是个子最矮、技术最全面的队员，对排球爱不释手。她对排球超乎常人的“入迷”，被袁伟民看在眼里。

因为个子矮，手脚利索，她一度被安排打副攻。但要成为世界级副攻手，拦网需要的身高优势，张蓉芳并不具备。分析利弊，袁伟民大胆决定让她打主攻。

于是张蓉芳成为中国队最矮的强攻手。四号位平拉开是她的绝招，但她不满足，又苦练二、三号位进攻，声东击西，大跑动进攻，几个“大招”灵活运用，加上个子矮，手上功夫精细，转腕变向扣球、平打、吊球等技术练得出神入化。

这种进攻技巧，在世界级主攻手中很少有人能掌握。张蓉芳凭借精湛的技术，成为尖子中的尖子，成为令对手望而生畏的“怪球手”。日本女排队员甚至说，她们宁可防郎平的扣球，也不愿接张蓉芳的扣球，因为很难摸清她的扣球规律。

周恩来总理曾告诫中国女排，要学习日本队的顽强。确实，从20世纪60年代开始，“东洋魔女”日本队迅速崛起，以作风顽强闻名于世，取得过六次世界冠军、六次世界亚军的赫赫战绩。

想战胜日本队，除了提升技战术水平，更要提升意志品质。只有比对手更顽强，才能拼到最后一秒，笑到最后。

郴州集训，作风训练也是重中之重。

顽强，就是迎着竹棚馆的毛刺，血迹斑斑也要扑地救球；就是打到鼻青脸肿，也要在球到面前的那一刻，用尽全力腾空拦网，大力扣杀。

1979年亚锦赛比赛前一天熟悉场地时，为了防一个球，陈亚琼像往常一样倒地扑救。因为地板不滑，身体扑出去没有滑行，右手肘关节在地板上一挫，顿时挫伤，肿得像包子一样。

按常理她已经上不了场了，但想起在郴州吃过的苦，这点伤又算什么。她不但上了场，还打得干脆利落，被外国记者惊呼为“机关枪”。

正是因为大量优秀队员的出现，中国女排最终夺得亚洲锦标赛冠军，实现了冲出亚洲的愿望。这次胜利极大振奋了中国排球界、体育界的士气，极大增强了中国女排走向世界的信心和斗志。

初次郴州集训告捷，也使中国女排爱上了郴州这块福地。

16

THE FIGHTING SPIRIT OF THE CHINESE WOMEN'S VOLLEYBALL TEAM

锋芒初现

1979年11月，国际奥委会决定恢复中国的合法席位，国家体委为此召开全国体育系统电话会进行传达。

当时中国女排正在郴州集训，全队人员听到消息后，十分振奋，有可能参加奥运会了，大家练得更起劲也更刻苦。

当年12月在香港旗开得胜后，中国女排斗志高昂，极大提振了信心。于是，为了备战第二年7月在莫斯科举办的第二十二届奥运会，1980年1月，中国女排再次到郴州集训，一练又是30多天。

然而，由于苏联－阿富汗战争爆发，我国和其他一些国家抵制了这次奥运会。在体能、心理、年龄、技战术正当其时之际，中国女排失去了一次很好的展现机会。

不过，也就在这一年，女排姑娘们以毋庸置疑的表现证明了毋庸置疑的实力，创下全年 36 场国际比赛 35 场胜利的纪录。其中最为突出的，要属当年 5 月的“南京国际排球邀请赛”。

比赛由中国排协举办，力邀中、日、美、韩四支世界劲旅参加。中国女排力挫群雄，夺得冠军。比赛的重头戏是中日对决，这是双方自亚锦赛后再次正式交锋。两队求胜心切，都把看家本领用上，最终中国队第二次战胜“东洋魔女”。比赛广受关注，被拍成纪录片《第二次交锋》，真实还原了比赛实况。

可以说，第二次郴州冬训拉开了中国女排走向世界、夺取世界冠军的序幕。30 多天里，女排姑娘们艰苦卓绝地训练，并在郴州度过了第一个春节。

她们第一次来郴州是秋天，树木葱郁，气候宜人，有南方特有的舒适和恬静。而再次来到郴州已是冬天，郴州的冬天太阳少，雨水多，潮湿得好像空气里都能挤出水来。

寒冷和潮湿，与带刺的竹棚馆一样，磨炼着女排姑娘的心志。也更让她们明白“卧薪尝胆”的真实意义，环境越艰苦，人越能吃苦，越能排除万难去争取胜利。

曹慧英回忆说，有时她又累又乏，原地坐下就开始打盹，多么想躺在地板上睡上一觉，可一想到世界冠军还没到手，就狠狠掐自己一把，强迫自己保持兴奋，然后在大家的“加油”声中，找回亢奋的状态。

这一年集训，陈招娣是被教练“修理”得最多的一个。她性格外露，优点明显，缺点也明显。一方面聪颖、能吃苦、肯拼搏，另一方面任性、急躁。为了让她改掉这些毛病，袁伟民就故意挑刺，激怒她，让她在这个过程中磨砺自己。

在一次补课中，陈招娣当场“罢”练，甩手就走。袁伟民没有发怒，冲着她的背影缓缓说：“好，你走得了今天，走不了明天。”

已经走到门口的陈招娣，停住脚步，转过身来，双手叉腰，气鼓鼓地瞪着教练。来回反复几次，她最后重新走回场地，这一次，她打得相当不错。袁伟民知道，“磨炼”的效果达到了。

为了抗议“打压”，调皮的陈招娣有时干脆赖着不下课。拿起袁指导脱在板凳上的羊毛背心，往身上一套，就地“滚翻救球”，练习防守。袁伟民哈哈大笑，知道她是在发泄不满。陈招娣见教练这副样子，也开怀大笑，一肚子怒火和怨恨，在笑声中烟消云散。

对所有女排队员来说，补课都是“魔鬼训练”。

1980 年的一次补课，成为女排队员周鹿敏、汪亚君、朱玲刻骨铭心的记忆。

三人因为没完成指标，被罚补课。袁指导运用残酷的

“倒计数”，每失误一球，加练一球。大家急于求成，频频失误，结果越练越罚，到晚上 7 点钟都没完成。劳累、委屈、辛酸、愤怒，让她们几乎崩溃。一直练到晚上 9 点，所有情绪消失，她们才最终完成这堂补课。

朱玲事后回忆，这堂终生难忘的训练课，真正弥足珍贵的是对自己的超越，自那以后，遇到再多再残酷的训练，

1982 年，中国女排夺得
第九届女排世锦赛冠军时的签名排球

她的信心从未动摇过。

而对于郎平来说，1979—1981年连续三年的郴州集训，让她在体能、基本功、技战术、思想作风、精神境界等方面有了质的飞跃。作为尖子队员，袁伟民对她格外严格：“你这样的条件，要争就争世界一流，跟横山树理、海曼比一比，要有这个雄心壮志。”

在郴州竹棚馆里，袁伟民经常给郎平“开小灶”，强化她的扣球技术、进攻意识。虽然跳得、扣得筋疲力尽，甚至头晕呕吐，但世界级的球技就在这魔鬼训练中逐步练了出来。到1981年，她全蹲负重达到110—120公斤，半蹲负重达到180—200公斤，助跑摸高达到3.24米。练到后来，教练安排的强度、密度小了点，郎平还觉得不习惯，奇怪怎么教练这么快就放过了自己。

在当时陪训教练陈忠和眼里，女排训练的强度比甲级男队都大。大运动量期间，一堂训练课下来，呕吐的、休克的、哭的叫的都有。为了适应国外比赛时差，中午还不能午睡，大家都搬着椅子聊天谈训练，交流思想。

很快过春节了，这是女排第一次在郴州过春节。每逢佳节倍思亲，姑娘们不能与家人团聚，郴州基地就成了她们的“娘家”。

除夕吃年夜饭，先来几大碗汤，又上几大碗菜，还有糯米做的“雪枣”糕，放到嘴里就化，甜味一直到心里。

基地还买来鞭炮烟花，大家高兴地爬上跳水台放“冲天炮”，在地上放“地老鼠”。有的队员怕响，一点上引线，就捂着耳朵飞快跑开。

女排结束集训后，3月份前往美国访问。经过20多个小时飞行，到达海拔近两千米的高原城市斯普林斯。高原缺氧加上旅途劳累、时差悬殊，姑娘们个个面带倦容、无精打采。袁伟民意识到，以这样的面貌迎接比赛，必输无疑，必须振作精神，积极适应环境。稍事休息他便带队开始赛前训练。队员们尽管头重脚轻、恶心呕吐，但她们边吐边练，以惊人毅力完成了训练计划。

第二天比赛，她们精神抖擞地出现在赛场，以3∶1战胜了实力雄厚的美国队。

带着对世界冠军的执着和渴望，1980年中国女排技战术水平、身体机能、应变能力都达到巅峰状态，创造了全年36场35胜的佳绩。

而唯一输掉的1场，是因为主攻手郎平因伤缺席。

17

THE FIGHTING SPIRIT OF THE CHINESE WOMEN'S VOLLEYBALL TEAM

世界之巅

1981 年 11 月 16 日，注定载入史册。

这一天，中国女排首次登上世界冠军的领奖台，实现大球项目“零”的突破。而她们背后，站着越来越强大的祖国和万众一心的人民。

“等到将来老了，如果有人问：‘什么时候是你们最幸福的时候？’我们一定会自豪地回答：‘那是 1981 年 11 月 16 日，当我们代表伟大的中华人民共和国站在世界冠军领奖台上的时候，这就是我们最幸福的时候。’”郎平动情地写下。

当第三届世界杯女子排球赛决赛结束的哨声吹响，女排姑娘互相拥抱，泪水不知何时已汪洋恣肆。平时的苦没

有白吃，平时的汗水、泪水没有白流，党和人民的期望没有辜负！那些落满全身的伤痕，多么值得！这是中国女排的荣耀，更是中华民族的荣耀！

鲜艳的五星红旗冉冉升起，雄壮的国歌响彻日本大阪市体育馆，女排姑娘的泪水再次夺眶而出，心激动得仿佛要跳出胸膛。她们幸福无比，因为她们用自己的双手为祖国赢得了期盼已久的荣誉。

贺龙元帅掷地有声的话语言犹在耳，时刻鞭策着中华体育健儿奋勇拼搏，追赶世界一流水平。此刻，他的心愿终于实现了。

郎平在第三届女排世界杯与日本女排的比赛中扣球

从日本回到祖国，女排姑娘们一下飞机，退役的国家队老队员就捧着鲜花簇拥过来，抱住她们不停亲吻、流泪，感谢她们实现了老一代队员付出代价而没能实现的梦想。

女排夺冠凝聚着几代中国排球人的理想。老一辈留下艰苦奋斗的好作风、好传统，给后来者铺平道路。冠军属于全体排球人。

这届世界杯赛上中国女排七战七捷，但她们的冠军之路却布满荆棘，惊心动魄。其中与苏联队、美国队、日本队的较量最为关键，也最为惊险。

1978 年以前，苏联队和日本队称霸世界女排球坛，轮流拿冠军。尽管此时中国队的实力和打法已在苏联队之上，但因为过去从未赢过苏联队，精神压力较大，这场球实际上是打一场精神仗、思想仗。

事实上，1981 年 1 月 22 日至 3 月 14 日，中国女排第三次到郴州集训，就在为参加世界杯做系统训练，重点针对苏联队、美国队、日本队做准备。

当时欧美队员身高优势非常明显，中国队身高不占优，就加强重球训练和防守反击，同时强化思想训练，苦练意志。

一天，袁伟民教练让全队搭配成几个小组，每个组要完成防守起 100 个球的指标。各种扣、吊、抛、丢的怪球、难度球从场地一侧砸过来，其他小组都完成了指标，最后只剩下老队员曹慧英与新队员朱晓茹、李桂芝这组没完成。

曹慧英腿有伤疾，两个新手基本功较弱。防起 60 多个球时，3 人已精疲力竭，摔得皮青肉肿。队友们高声加油助威，当数完“100”时，曹慧英瘫坐在地，李桂芝爬出去呕吐，朱晓茹一脸煞白。“没想到我这台破机器还能救起 100 个球”，“铁姑娘”曹慧英苦中作乐，依然非常顽强。

集训中袁伟民、邓若曾刻意与队员们“过不去”。一天下午训练结束，张蓉芳等人被留下加练发球。

结果一“发”不可收拾。球越罚越多，到晚上 9 点多还没完成，第二天一早，又去训练馆补发。张蓉芳想不通，自己发球技术不错，为什么老是不能过关，为什么教练要故意刁难！

袁指导以此为契机，告诉大家这不是压抑个性，而是练顺情绪。场上比赛是 6 个人，弄得好“6 > 6”；弄不好各不买账，就可能“6 < 6”。每个人只有把自己置于集体之中，融于共性中去发挥作用，在共性中突出个性，队伍才有战斗力。

张蓉芳若有所思，许多道理只能在赛场上印证……

世界杯对阵苏联队的比赛打响了。

第 1 局中国女排轻松拿下，大家都不敢相信。第 2 局苏联队打得主动，中国队 0 ： 9 落后。袁指导意识到，场

1981年11月8日，
女排队员庆祝比赛获胜

上不是出现了技术问题，而是队员们缺少自信心和压倒对方的士气。

关键时刻，他想到了曹慧英。这位一身伤病却不肯退役的老队员，曾在1977年世界杯上独得三个奖杯，其中一个叫“敢斗奖”，被大家称为“不要命的人”。作为女排的老队长，大家都叫她“老大”。

老大就要有老大的样子，她严格要求自己，无论是训练还是平常，都冲锋在前、吃苦在前，在队员中有很好的组织力、凝聚力。

曹慧英上场果然奏效，稳定情绪，带动节奏，一下子打破了被动局面。比分一路攀升，从 0 ：9 打到 10 ：10，队员们的士气鼓起来了。这时，张蓉芳进攻时脚扭伤了，教练问她："要不要换？"她果断地说："不换，打到底！"她在赛场上深刻认识到了"6 > 6"的道理。

第2局打得很艰苦，最终中国队以16 ：14拿下第2局。第3局一鼓作气，竟然打了个15 ：0。显然，对方被中国队的气势打懵了，自乱阵脚。有时比赛就是这样，不完全是技术、战术上的较量，更重要的是思想、意志上的较量，同时也是集体主义精神的较量。

与美国队的比赛也很关键，两队之前都是5战5胜，这场球决定了中国队能不能拿冠军。刚开始，队员们打得很拘谨，前四局双方战成2 ：2平。关键的第5局，姑娘们豁出去了，打出了高水平，以15 ：6拿下。比赛结束后，大家又激动又高兴，许多人都哭了。

由于前六场比赛小分很高，和日本队的比赛只要拿下两局，中国女排就将确定登顶。前两局以15 ：8和15 ：7顺利拿下，意味着中国队已成功夺冠，第2局最后一个球还没有落地时，队员们就高兴地抱着、跳着。她们站上了"世界之巅"，实现了几代人梦寐以求的理想！

兴奋、激动让女排队员们心情难以平静，结果连输两

第三届女排世界杯上中国女排对阵日本女排

1981年11月16日，中国女排以7战全胜的成绩首次夺得世界杯赛冠军，队员们欢呼赢球

局。此时的日本队，已经没有夺冠的希望，但仍然打得很顽强，要球不要命，连“铁榔头”的重扣，都拼命救起。

如果这场比赛输了，即使拿了冠军也很不光彩，没有战胜日本队，不能算真正的冠军。

第4局比赛眼看要输，袁伟民换下陈招娣，责问她为什么不拼，陈招娣一句话也没说，眼泪哗啦啦往下掉。

前4局2 ：2平，最后一局是争气球，一定要赢！“不能忘了我们是中国人，一定要在关键时刻为国家争得荣誉”，袁伟民的话掷地有声。

此时就看，谁能拼到最后一秒。

第5局对抗激烈，观众紧张得屏住呼吸。中国队以14 ：15落后，关键时刻，郎平扛住重压，奋力反击追成

1981 年 11 月 16 日，
中国女排在第三届女排世界杯颁奖仪式上

首次夺得世界冠军后，
中国女排在中国驻日本大使馆留影

15 平，队员们上下齐心，连续拦网咬下了最后两分。中国队赢了！

事后才知道，陈招娣在激烈的对抗中腰伤发作，比赛时腰痛得不听使唤。直到后来，她才说实话："我不能说我不行，我怕影响大家。我说我行，可我实在动不了。"比赛结束后，陈招娣坐车、坐飞机都是队友们背上背下。听了她的事迹，很多人流泪了，"多么顽强啊，如果中华儿女都有这样的精神，我们的国家就有希望！"

中国女排夺冠，郴州基地竹棚馆也出名了。美国媒体甚至惊呼：她们来自一个"秘密基地"！他们被中国女排不屈不挠的精神折服，对这个秘密基地也充满敬意。

艰难困苦，玉汝于成。在艰苦的郴州基地凝聚起顽强的"竹棚精神"，终于从竹棚起飞，冲出亚洲，走向世界。正如陈亚琼所言："通过郴州竹棚的锤炼，就没有克服不了的困难。"

1982 年第九届女排世锦赛在秘鲁举行，中国女排带着一场负分进入复赛，形势十分严峻。最终女排姑娘们背水一战、连克强敌，6 战不失一局，首次加冕世锦赛冠军。

18

THE FIGHTING SPIRIT OF THE CHINESE WOMEN'S VOLLEYBALL TEAM

卧薪尝胆

1984 年 2 月下旬，侯玉珠奉命赶到郴州基地，一进训练馆，就被墙上的四个大字惊到了。

“卧薪尝胆！”

巨大的横幅挂在墙上，一片肃杀。

三个多月前，中国女排遭遇滑铁卢，在日本福冈以 0 ∶ 3 败给日本队，痛失第三届亚洲女子排球锦标赛冠军。日本举国欢腾，而远在中国，无数电视机失望地关闭了……女排姑娘们走出赛场，没有了往日的欢迎队伍，没有了祝贺的人群，一支亚军队默默地走在日本大街上。

下滑并未结束，1984 年 1 月中旬，中国队又连续输给美国、古巴。国际舆论纷纷唱衰，说中国队“网上功夫比

过去差”“中国女排过去那种奋发向上、一往无前的拼搏精神看不见了”。日本排协专务理事松平康隆断言：“中国女排的实力仅为原来的 60%。”

美、日女排主教练更是扬言，洛杉矶奥运会一定能赢中国队。

此时的中国女排，五名老将退役，新队员还待成长。能否绝地反击，实现“诺曼底登陆”？形势十分严峻。

作为新鲜血液，侯玉珠与杨晓君、苏惠娟、李延军、殷勤等人相继入队，被寄予厚望。而教练袁伟民清楚，目前最困难的是帮助队员重建信心、重拾斗志，尤其是主力队员郎平和张蓉芳。

1984 年郴州集训，女排克服新老交替困难，明确目标，坚定信心，誓夺奥运冠军

输给日本队后，两人特别痛苦，哭了好几回。队伍新老交替，水平参差不齐，她们都失去信心，感觉前途渺茫，悲观失望。

两人是场上正、副队长，中流砥柱，她们的信心不上来，卧薪尝胆、重上顶峰就沦为了一句空话。袁伟民决定找她们好好谈一谈。

首先找郎平谈，让她把心里的想法统统“倒”出来。

郎平垂头丧气地说：“奥运会冠军，死活都想拿下，可难度太大了。要让老、中、新三拨人在技术和思想上紧密捏合起来，达到高度默契，心里没底。”

袁伟民帮她分析：“你以前最大的优点就是不断地追求。现在，无非是什么都有了，金牌有了，‘十佳运动员’称号也有了。你也不是完全不想再拿，而是觉得困难实在太大，下很大功夫，吃很大苦，也许仍拿不到。”“人的潜力是很大的。要想干成一件事，下一般决心和下死决心其效果大不一样。如果我们截断自己的退路，下死决心要夺取奥运会冠军，那么就有可能挖掘出在一般情况下挖掘不出的潜力，就有可能把 9 个月变成 18 个月，收到事半功倍的效果。”

郎平听着不觉掉下眼泪，一方面觉得教练说的有道理，另一方面又觉得眼前的路，实在太难走了。

接着找张蓉芳谈。没想到张蓉芳哭得更厉害，作为一队之长，她有太多难处。奥运会后她将退役，她希望引退前有个好结果，可是队伍更新后水平下降，自己伤病缠身，所有压力让她感到前途黯淡。她那么委屈，那么伤心，哭得抽起了筋，急得袁伟民给她掐人中抢救。

袁伟民告诉她：“现在你是队里举足轻重的人物，连郎平都看着你呢！要信任这个集体，把队长这副担子挑起来，带领大家下死决心去夺奥运会这块金牌。”

谈话结束已经是凌晨了，经过反反复复地开导解答，袁伟民总算把张蓉芳、郎平的信心树立起来。

队长、副队长的思想问题解决了，全队的信心问题也基本得到了解决。剩下的就是苦练，苦练，再苦练。

最有效的是针对薄弱环节突击强化。狠抓几个突击周，每周全队集中解决一个主要问题，每个人重点剖析自己的不足，大家相互指点、提醒。就这样，白天带着脑子训练，晚上带着脑子学习，看技术录像、分组总结、个人小结，边训练边领悟。

这帮新队员，没有哪个没被练哭过。一是苦，适应不了高强度训练量；二是严，教练老是盯着，一松劲，就要随时准备吃“小灶”。

大年初二，杨晓君永远忘不了这一天。

上午的训练结束，大家准备去食堂。“杨晓君，留一下。”袁指导黑着脸叫住她。超负荷的训练开始了，球像连珠炮

笑洒热汗向奥运，
1984 年杨晓君在训练中

般向她飞来，杨晓君连滚带爬，东击西挡救下几十个球，终于精疲力竭，一口口往外倒气。球依然像滚雷一样砸来，越来越快，砸在她身上、头上。她双眼模糊，只觉得球在眼前狂舞，不断砸中她，委屈的泪水汩汩向外涌。

袁指导让大家围在她身边，大声说："杨晓君，现在全体队员都陪着你站着，看着你练！"说罢，球又飞了过来……

当她拼命救起最后一个球，泪水奔涌而出。

袁指导语重心长地说："晓君，这次超负荷训练，不是练技术，而是练你的意志品质，练你的拼搏精神。要想取得超人的成绩，就必须付出超人的代价！"

后来，袁伟民回忆说，在他眼里，杨晓君有娇气，但更有拼劲。要练，就是哭也迎着球上，不后退。他要把这种劲头练出来，让新队员懂得全力以赴，不吝付出。

教练这样铁面无私，毫不手软，新队员被轮番重点"照顾"，大家有时委屈得直哭，"真恨不得咬教练几口"。

可是谁都知道，这是一个大是大非的问题。正如训练馆外一条横幅所写："中华儿女多壮志，奥运会上创奇迹。"奥运会夺金，别无选择，只有用理智的我，战胜惰性的我。为了一雪前耻，为了民族尊严，为了国家荣誉，她们也要舍得一身剐，烈火炼真金！

针对奥运会劲敌，女排又组织教学比赛。陪训教练陈忠和、秦毅斌主要模仿美国队克洛克特和日本、秘鲁、古巴队的主攻手，江申生、李连邦主要模仿海曼等欧美高大主攻，苏迎春则指导队员的拦网技术。

事实上，各国强队早就在模仿中国队的郎平、张蓉芳进行训练了。美国女排甚至把郎平的进攻路线全部输入电脑，画出了轨迹图。中国女排没有任何高科技辅助，只能“刀耕火种”，靠着教练员的头脑、全体队员的集体智慧对抗国外的“演习”。

哨子就是“集结号”。为了跟时间赛跑，每天早上天刚亮，教练就吹响早操的哨子。寒冬中，姑娘们练得汗水直冒，热气腾腾。

随着极限训练，伤痛加码。张蓉芳受胃病折磨，吃不下饭，每天只能自备几块华夫饼干。这种饼干两角二分钱一块，每天上午吃 4 块，一个月 20 多元由她自己掏腰包。每次看到大汗淋漓、脸色苍白的张蓉芳啃着华夫饼干，基地职工都忍不住鼻子发酸。

郎平在一次教学比赛中被球砸成轻微脑震荡，眼球、视网膜充血，医院说要一周才能康复。但她只休息了半天又走进训练馆，教练让她回宿舍也不去，受不了了就呕吐完再练。

杨锡兰左手拇指被打翻，到医院拍了片子，缠上绷带。片子还未冲洗出来，人就回到了球场。教练说：“杨子，你不是一直想练单手处理网上球吗？这正是个机会，来，让招娣帮你练。”她二话不说，跑到网前，用一只手不停地练起来。

这个冬天，中国女排每个人都承受着巨大的身心压力，但每个人都斗志不懈，顽强拼搏，在刻苦训练中精诚团结，不分你我，拧成一股绳。

对于教练员袁伟民来说，压力也尤为沉重。

从1976年组队，他担任女排教练已经8年，7个春节在集训中度过，其中在郴州的就有3个。1984年郴州冬训的压力史无前例，奥运会夺金，不仅意味着“三连冠”，也意味着中国球类运动在世界最高等级运动会上“零”的突破。唯有争分夺秒、夜以继日，把一天当作几天用。

袁伟民当时患有胃病，因为太投入，经常忘了吃药。基地工作人员说：“好不容易找到这种药，他一周都没动一下。”他的房里摆满了各种资料、书籍，各国排球队的剪报，像个信息库。每天晚上女排宿舍熄灯后，他还要写第二天的详细训练教案，绘制美、日等队的进攻战术图表，是全队睡得最晚的人。

针对奥运会的每个对手，队里都布置了试题，让每个人考试通关。以至于到最后，每位队员对美、日等主要对手都了如指掌，应对策略也十分清晰。

从1984年1月27日至4月5日，中国女排在郴州70天的集训，奇迹般地愈合了一般运动队重大调整后需要两三年才能长好的伤口，争取了时间，赢得了主动，提高了技术，练出了意志。

当年5月，在中、日、美、苏四国女排邀请赛上，中国女排以 3 ： 0 战胜日本，一雪福冈之耻，从亚锦赛失利的阴影中彻底走了出来。

7 月 31 日至 8 月 8 日，中国女排出征美国洛杉矶，在奥运赛场上战胜美、日、古等劲旅，荣获“三连冠”，实现了铮铮誓言。

经历了“训练之苦、难度之大超过以往任何一次”的 1984 年郴州集训，中国女排卧薪尝胆，终于沐浴到世界顶峰的阳光。

今天胜过昨天，明天胜过今天。奇迹，总是在对厄运的征服中出现的。

19

THE FIGHTING SPIRIT OF THE CHINESE WOMEN'S VOLLEYBALL TEAM

洛杉矶之战

1984 年洛杉矶奥运会，是美国女排的主场。

中国队“大换血”，让美国女排看到了希望。她们在加利福尼亚建队，誓以洛杉矶奥运会金牌为目标。美国队教练赛林格重申里根总统的话：“在奥运会上拿第二名就是失败。”

另一支世界强队日本队也虎视眈眈，她们在第三届亚锦赛上战胜了中国队，重获心理优势，看到了夺取世界冠军的一线光明。

但中国女排这场“大换血”却是不得不做出的选择。

1979 年中国女排冲出亚洲后，1981 年、1982 年连续拿了两个世界冠军，全世界都在看中国，如果中国女排接

上海市总工会机关工作人员在办公室观看
洛杉矶奥运会女排决赛的电视转播，
那场比赛吸引了亿万国人的目光

着拿下 1984 年洛杉矶奥运会冠军，就将成为世界杯、世锦赛、奥运会“三连冠”。这是当时世界排坛的最高荣誉，之前仅苏联女排和日本女排获此殊荣。

前一个世界大赛周期已经结束，中国女排战功赫赫的一批老队员，身体机能、年龄结构渐渐跟不上高强度的训练节奏，再加上伤病困扰，成为一个巨大的隐患。

要跨越两个大赛周期夺取“三连冠”，一个不可回避又迫在眉睫的问题就是人员更替。然而，作为一支世界强队，如果这个问题处理不当，或是不够周密，整个队伍也许就此垮下来，一蹶不振。

袁伟民等人理性分析、客观比较，从世界排坛形势到女排队伍现状，决定立足长远，让陈招娣、曹慧英、杨希、孙晋芳、陈亚琼等 5 员虎将退役。

这是一个石破天惊的决定，5 名老队员中有 3 个绝对主力，2 个主要替补，她们退役，等于拿掉了国家队 3 个半主力阵容，而且包括二传手在内。

消息一经媒体披露，如冷水泼进热油锅，引起国内外强烈震动。谁也想不到两次夺得世界冠军的中国队，会在第三次冲冠的紧要关头，如此大幅度地改组。美、日等队本以为中国队会用原班人马参加奥运会，没想到等来的却是中国队的“自毁长城”。

日本排球界欢呼道：“从黑暗中见到了光明。”

很快，“大换血”的后果出现，丢失亚洲冠军后，挫败感笼罩着中国女排，也为 9 个月后的洛杉矶奥运会蒙上了阴影。

中国参加奥运会的球类项目中，唯有女排才有拿金牌的可能。因此对女排姑娘来说，为了国家荣誉，“三连冠”必须夺取，但要如何才能实现？

经过客观剖析，女排教练组认为，中、美、日三强的实力差距并不大，只要经过切实努力，夺取冠军仍是完全可能的。这需要与时间赛跑，从速完成新老队伍整体平稳过渡，从速培养新队员里的尖子成为新主力，同时以三倍于前的付出，力拼日美，科学训练，找到制胜之策。

1984 年初，经过一个多月拉练式的出访比赛，中国女

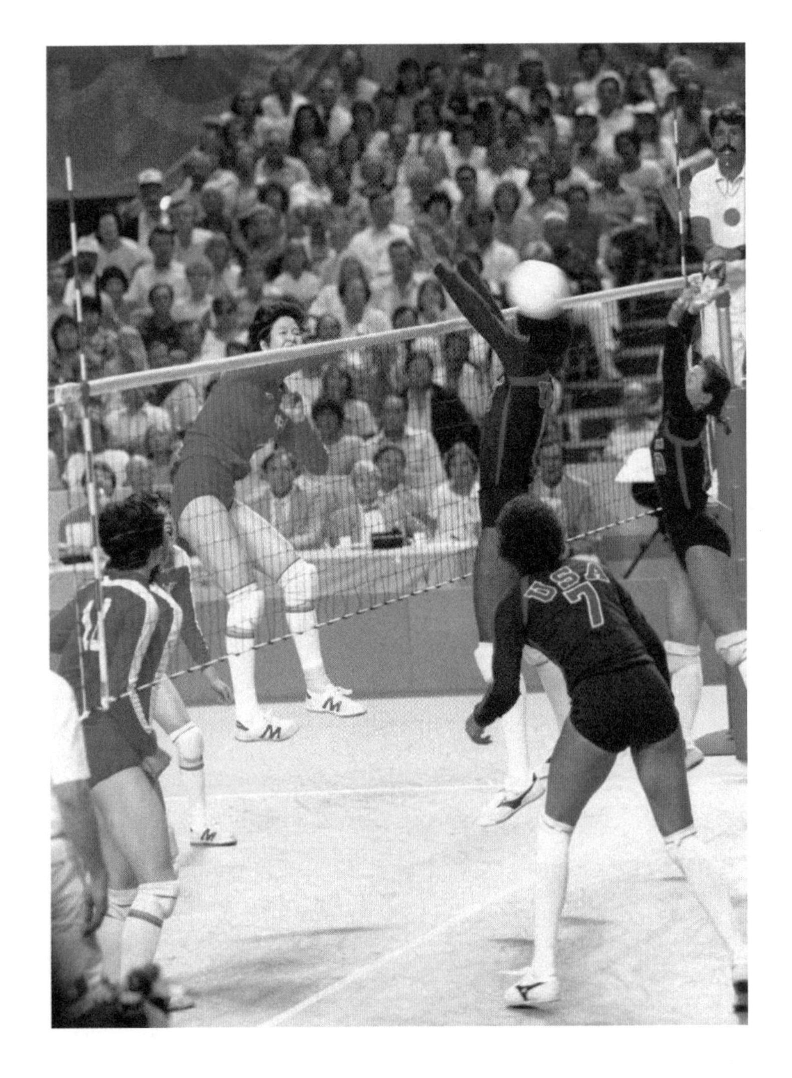

郎平在洛杉矶奥运会女排决赛中大力扣杀

洛杉矶奥运会上，女排队员们庆祝比赛获胜

1984 年，奥运会组委会主席向中国女排队长张蓉芳等颁授金牌

排从联邦德国归来，又马不停蹄赶赴郴州，迎接建队以来最艰苦却又充满希望的冬天。

希望之所以成为希望，在于黑暗中不灭的信心。女排的当务之急是找回在挫折中迷失的信心，让希望之灯重新点亮。

袁伟民从郎平和张蓉芳入手，重新点燃两人的信心之火，进而触动、感染其他队员。70 天冬训结束后，全队上下信心满满、浑身斗志。出访美国期间，中国女排 6 场比赛取得 4 胜 2 负，越打越好，她们夺取奥运会冠军的信心更足了。

7 月底，当全新的中国女排出现在洛杉矶，各国的镜头都对准她们。除了郎平、张蓉芳、周晓兰几个老面孔，大量新面孔让美、日等国队员暗自高兴。

然而中国队一改此前颓势，表现出顽强拼搏的精神，让人又看到了“大换血”前那支熟悉的队伍。尤其是“新面孔”的新技术新打法，是以前从未出现的，这让各国措手不及。没想到千防万防郎平，却冒出几个“小郎平”。这大半年，中国队是怎么做到的?

各国强队一边纳闷，一边奋力迎战中国队。最精彩的莫过于 8 月 8 日中美之间的决赛。

赛场气氛热烈，美国观众的欢呼声震耳欲聋。小组赛时中国队曾 1 ∶ 3 输给美国队，因此全美民众对这场比赛期待很高。

第一局堪称“世纪之局”，双方在这一局激战到了极致，两队之间太熟悉了，郎平被防得很成功，美国队海曼也被中国队盯得很死，依靠“怪球手”张蓉芳的发挥，中国队以 14 ： 9 率先拿到局点。

然而，美国队硬是追成 14 平。

谁能赢得最后两分，拿下第一局，谁就会赢得主动，对比赛结果产生关键影响。

此时，袁伟民叫了暂停，换侯玉珠上场发球。

只见侯玉珠镇定地退后，甩臂，挥臂，大力发出一个长距离球，球冲着后排 5 号位、6 号位之间飞去，美国队阵脚乱了，误判球将出界。发球直接得分！

第二个球侯玉珠精准找到美国队两名一传队员中间，她们措手不及，手忙脚乱地将球垫到网口，郎平毫不客气，打探头球得分！

中国队拿下了关键的第一局，士气高涨。

侯玉珠凭借洛杉矶奥运会上出色的发球一举成名。第二天，洛杉矶报纸盛赞袁伟民的用人艺术，同时赞扬侯玉珠的发球技术。“侯玉珠珠落玉盘”，媒体称她是中国队的“秘密武器”。

而这场比赛另一个“秘密武器”，为中国队最后夺冠发挥了决定性作用，这就是朱玲。

最后一球，美国队的1号位传给3号位，朱玲拦网阻挡，杨锡兰后排垫起，梁艳2号位传给张蓉芳扣杀，完美结束比赛。中国队夺冠！

事实上，郴州集训很大程度上就是以美国为主要对手的训练。侯玉珠到郴州的第一堂训练课就是练发球，袁指导慧眼识“珠”，早就发现了她的特殊才能，并针对美国队制订了发球方案。

而朱玲头脑清醒，对球的近网、触网判断准确，脚下

1984年8月8日，
中国女排击败美国队，
登上第二十三届奥运会女排冠军领奖台

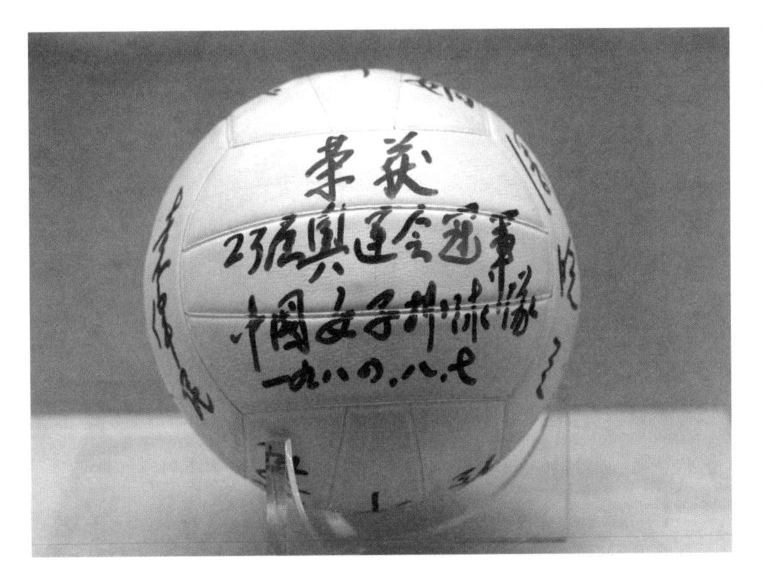

1984年中国女排夺得第二十三届奥运会冠军时的签名排球

移动、起跳时间精准果断，是袁伟民针对美国队海曼和3号位队员部署的“秘密武器”，根据她们的进攻手法和球路特点强化训练，力求在场上拦住她们的进攻。

1984年洛杉矶奥运会，美国队没有战胜她们自以为能战胜的“敌人”。当五星红旗第一次在奥运会女排赛场高高飘扬，美国队只能接受“拿第二名就是失败”的命运，而中国队，迎来了“三连冠”的高光时刻。

洛杉矶的一位老华侨说出了大家共同的心声。他说：“我花一百美元买了一张票子，25%看体育运动，75%看国旗。”

女排奥运夺冠，挺起了一个民族的脊梁。

20

THE FIGHTING SPIRIT OF THE CHINESE WOMEN'S VOLLEYBALL TEAM

“五连冠”伟业

“是龙，总是要腾飞的。”

萧克将军 1991 年在女排首夺世界冠军十周年纪念活动大会上的几段话，极其准确地勾勒出中国女排的胜利之道。

“最值得纪念的是女排本身具有的两个特点，一是她们目标明确，二是具有实干、苦干、拼搏精神。”

“有了明确的目标，不论在什么地方、什么环境，都会自觉地奋斗。”

“我们当年在山沟里转战，目标就是为解放全中国。一切努力，都是为这个大目标；你们在郴州基地训练，也是瞄准了世界冠军这个荣誉，一切工作，也是为了这个大

目标。”

“有了目标，关键在实干。练兵是一个一个动作地练，仗要一个一个去打。胜利是等不来的。打球也是同样道理。没有苦练，没有实干，世界冠军也就不可能得到。”

的确，咬定青山不放松，任尔东西南北风。从 1981 年到 1986 年，中国女排打出了 5 个世界冠军，靠的就是始终不渝的目标意识、永不言弃的拼搏精神。

1984 年夺得“三连冠”后，主教练袁伟民卸任，主力队员张蓉芳、周晓兰、朱玲退役。欢送会上，郎平没有与即将离去的战友拥抱哭泣，而是坐在靠门口的位置，低着头。

没人知道她心头的悲伤与沉重。她悄悄走到走廊，一个人望着窗外，默默流泪。她明白，把老战友、老教练送走后，她就成为中国女排真正的“顶梁柱”了。没有人可依靠，而是要成为别人的依靠。

那个活泼爱笑的郎平不见了，一个成熟稳重的郎平诞生了。她和邓若曾教练并肩战斗，把老女排顽强拼搏的精神、永不言弃的作风，传递给一位又一位新队友，延续着中国女排屹立不变的气质，赓续着坚定不移的冠军梦想。

1985 年 11 月，中国女排在第四届世界杯女子排球赛上勇夺“四连冠”，再次轰动全国，女排姑娘为国争光的事迹传遍大江南北。

时任国际排联主席阿科斯塔评价说：“今天中国对古巴这场球，是排球史上罕见的，除了她们的技术之外，还在于她们的精神状态和顽强斗志。这场比赛可以给人们带来不一样的享受，那就是第一局反败为胜的技艺。”

中国女排代表团团长袁伟民指出：“我们夺取了冠军，取得了胜利，开始了一个新的征程。我们必须头脑清醒，居安思危，我们应该继承老队伍的拼搏精神，励志奋进，更上一层楼。”

无论是国家领导人，还是普通老百姓，所有人都热情

1985年3月31日，
香港杯国际排球锦标赛，中国女排对阵日本女排，
郎平、姜英等在赛场上

1985年11月17日，第四届女排世界杯上中国队3：1战胜古巴队后，郎平高高跳起庆祝

关注女排的一举一动，为她们加油呐喊。中国女排夺冠的意义，已不仅仅是球队的胜利，而是能激发起人们磅礴民族自豪感和国家荣誉感的强大力量，进而转化为各行各业学女排，争为祖国做贡献的强烈意识。

1986年1月，在夺取“四连冠”并战胜世界明星联队之后，中国女排第五次挥师南下到郴州集训。

郴州是女排的福地，也是她们走向世界的摇篮地、出发地，在这块勤劳朴实的红色革命热土上，女排姑娘们顽强备战第十届女排世锦赛。

主教练邓若曾严格训练，不断钻研新技术新路子，增加了跳起大力发球、鱼跃救球等男子技术动作的练习。

邓若曾的严，不亚于袁伟民。老女排中流传着一句话：

“袁指导的手快，不停地抛球；邓指导的嘴多，不断地找问题。”这两样是女排姑娘最怵的，但也是最能磨炼队伍的。新队员在邓指导的严酷训练下，锤炼技术，锻造思想作风。

郎平当时即将退役，作为助理教练兼运动员发挥着灵魂作用。

一次队员巫丹被练哭了，累得趴在地上，双手捂脸呜呜地哭。忽然她感觉有一双手正在搀扶她，巫丹睁开眼睛，发现是刚刚结束训练、气喘吁吁的郎平。只见郎平嘴唇发紫，腿还在微微颤抖，巫丹感到浑身又充满了力量，她挣扎着重新站起来，向砸过来的球勇敢地扑去……

就这样，年轻的队伍向老女排看齐，磨炼钢铁一般顽强的意志和作风。集训回京后，邓指导因故辞职，但队伍

1986 年，中国女排第五次到郴州集训，
墙上悬挂着“奋战六十天，誓夺‘五连冠’！”标语

1986年，女排队员进行体能训练

郎平在训练中

人心没散，思想没乱。老女排队员张蓉芳临危受命接任主教练，郎平任教练，国家体委副主任袁伟民亲自指导夏训。

夏训时，有记者发现主力二传手杨锡兰的一张纸条。上面有两行整齐、清秀的字迹，“耐心是一切聪明才智的基础”“有耐心的人才能达到他所希望达到的目的”。

这是郎平的字迹！原来，杨锡兰心理压力大，害怕“四连冠”会毁在自己手里，又急又慌，遇到矛盾就不顺心、发脾气。

郎平见到，耐心地做她的思想工作：“有福同享，有难同当。以后你有气先出到我这儿来。你是二传手、场上核心，在其他队员面前千万要冷静、再冷静。”她写下这张纸条，让杨锡兰放在身边，经常看看，提醒自己。

郎平倾尽全力传帮带，将老女排的精神附着在新队伍里。

1986 年 9 月，在捷克斯洛伐克举行的第十届世界女子排球锦标赛上，中国女排 8 战 8 胜夺得冠军，实现“五连冠”伟业！

中国女排创造了世界排球的历史，为祖国赢得了崇高荣誉！

今天，当我们站在历史新起点回看中国女排，回顾“五连冠”辉煌征程，依然觉得如此生动真实、如此艰苦卓绝、如此激情澎湃。女排精神早已融入中国共产党人精神谱系，

参加第十届女排世锦赛的中国女排进行赛前训练

成为中华民族伟大精神的一部分。这种精神，就是伴随着“五连冠”奇迹而诞生的。

万里长征，始于足下。

女排的成功，首先在于刻苦训练。正如袁伟民所说，世界冠军是从每一堂训练课中走出来的。要拿世界冠军，别无他路，必须从努力提高每一堂训练课的质量做起。“只有使每堂训练课的效益都超过别人，水滴石穿，才能成为世界第一。”

其次在于团结拼搏。体育大赛中的集体项目，除了比技术，更重要的是比团结。中国女排的团结，是从平时训练和比赛磨砺中逐步累积出来的。

张蓉芳说：“那些年月，大家并没什么过于响亮的口号,但都在尽心尽力,为冲出亚洲尽最大的努力;那些年月，大家关系特别融洽，像生活在一个大家庭中，就像同胞姐妹一样，相互支持相互鼓励相互关心；那些年月，大家性格兴趣也不尽相同，也不可能相同，但大家都能为了事业为了集体而求得一致，都能成为好朋友。”

朱玲回忆说：“教练把不同性格、气质的队员捏合在一起形成合力团结战斗，这很不容易。中国女排取得的每一个成果都是靠这种合力去拼搏所获得的。”

袁伟民教练常说：“个人提高，集体才能提高；集体一致，个人才有用武之地。”正是步步抓思想作风，步步抠技战术，女排这个集体才紧紧捏合在“为国争光，创造奇迹”这一崇高理想下，“五连冠”伟业才一步步从愿景变为实景，绽放在祖国蓝天下。

○雅典大逆转
○遗憾北京

肆

传承·薪火不灭

- 竹棚记忆
- 18℃的承诺

精神是看不见的东西，
应该是从每一天的训练中去体现，而不是喊口号。
没有每天的训练做基础，谈什么精神？

——陈忠和

21

THE FIGHTING SPIRIT OF THE CHINESE WOMEN'S VOLLEYBALL TEAM

竹棚记忆

1980年，郴州基地被正式列入全国体育训练基地序列。

郴州市深受鼓舞，马上着手规划：迁走竹棚馆对面的市一建公司综合工厂，在其址之上兴建钢筋混凝土、钢网架结构的大训练馆，以便为中国女排和全国排球队提供更好的训练条件。

新馆设计包括一个长30米、宽16米的小馆，一个长45米、宽35米的大馆，场地面积1575平方米，净空高度12.5米。这在当时全国球类训练单馆中是最大的。

从竹棚馆到新馆，训练条件有了质的飞跃。并不富裕的郴州，为国家体育事业拼尽自己的力量。新馆花费不少，但好钢用在刀刃上才能产生价值。

1987 年中国女排结束第六次郴州集训后，
在长沙进行表演赛

1981 年 5 月新馆始建，1982 年竣工。这个钢混结构的训练馆，高大宽敞，在保障中国女排首次夺取奥运会冠军即“三连冠”（1984 年）和 1986 年夺取“五连冠”的集训中，发挥了重要作用。

新馆落成，竹棚馆终于可以安心“退役”，它们共同期待着女排的到来。

1983 年 6 月，中国女排在赴香港参加世界超级女排锦标赛前夕，专程来郴州“探亲”，准备在新落成的训练馆打两场表演赛。

看到新建的鱼池、喷泉、荷花，蓝天白云下的游泳池、高耸的跳台，队员们很兴奋。新馆旁边，简陋的竹棚馆仍在原地，与新馆形成鲜明对比。

此时，老将陈招娣、曹慧英、杨希、孙晋芳、陈亚琼已经退役，杨晓君、侯玉珠、苏惠娟、李延军、殷勤等新秀涌现。“换血”后的新队员不敢相信，老队员的世界冠军，竟是在如此艰苦的竹棚馆训练出来的。

第二天，郴州表演赛开始了。

热情的市民将基地围得水泄不通，馆内人山人海。队员们从南京—广州—郴州一路拉练，舟车劳顿，人多嘈杂，临场发挥不尽如人意。袁伟民一顿猛训，说作风不行，好几个队员被训哭了。

这种场面，郴州人熟悉。女排每次集训时，市民们都可以进场观看。每每看到姑娘们拼命的样子，教练“严酷”的样子，甚至有时看到女排补课到夜里 11 点多，他们都会感动落泪。他们关注女排的一切，谁练哭了，谁生病了，谁住院了，他们都会想方设法来帮忙，鞍前马后来服务。

两天的表演赛很快结束，郴州人民依依不舍送别女排，她们将再次启程，奔赴长沙打第三场表演赛。

火车到长沙站，月台上敲锣打鼓，长沙人民热烈欢迎女排英雄的到来。中国女排被安排住在毛主席当年下榻过的宾馆——蓉园宾馆。热情的湖南人民，把女排姑娘当作了亲人。

长沙这场表演赛，开辟了一个“第一次”。是什么呢？原来湖南首次体育实况转播就始于这场比赛。

当时的湖南电视台，设备简陋，更别说有专门的体育播音员。电视要转播，没人解说，这可怎么得了！

电视台找到省体委求援，省体委派出了一名干将王德璠。此人既当过排队运动员和教练员，又正在体工大队负责宣传工作，是最佳人选。

王德璠接到这个任务，吓坏了。自己一是没当过播音员，缺乏经验，二是操着一口湖南腔调的普通话，不好面对观众。可是不容分说，就定他了。

表演赛开始，湖南体育馆里观众爆满，王德璠紧张得直冒汗。

“湖南电视台，湖南电视台，现在我们正在湖南体育馆向观众直播中国女排在长表演的实况。”他努力模仿宋世雄的腔调开始了现场解说。

随着比赛的波澜起伏，王德璠渐渐放松下来，慢慢打开了话匣子，不时向观众科普一下什么叫“短平快”“平拉开”。但是他在解说中却闹出一个笑话。当时女排的口号是“冲出亚洲，走向世界”，他一时口快，讲成了“冲出世界”，这不是要冲上天了吗？细心的观众哈哈大笑起来。

女排的第四次郴州（长沙）之行就这样结束了。郴州人真切感受到女排在竹棚馆和比赛场上表现出来的顽强拼搏精神，他们将这种精神形象地称之为“竹棚精神”，十分生动，也异常准确。

竹棚，成为女排姑娘们的共同记忆。

1989年农历正月初六。雨后的郴州，空气清新，浓浓的过年气氛在四周萦绕。一辆小车出现在郴州基地，一袭红色运动装的周晓兰走下车来，抬头四望，由衷感慨：“时间过得真快，一晃五年没有到郴州了！”一切那样熟悉，又那样陌生。现代化的楼房拔地而起，亭台水榭，林木葱郁，基地大变样了。

放下行李，周晓兰顾不上喝水，就急着四处看看，寻找当年的影子。一路走，一路遇见基地老熟人，打着招呼，彼此那么亲切。

她看到高大明亮、焕然一新的现代化场馆，简直不敢相信。再往前看，“啊，竹棚！”没想到什么都变了，唯有竹棚还原封不动保留着。

她快步走进竹棚，这里摸摸，那里敲敲，仿佛当年岁月重现眼前。那有毛刺的地板，好像还留着她们的汗水。当年的网架、杠铃、沙背心，好像还带着她们的体温。空气里有竹子的清香，似乎闻到了当时食堂药膳鸡的气息。

竹棚，竹棚，难忘竹棚。

难忘冠军之路始于竹棚，难忘青春热血洒竹棚，难忘

1991 年 10 月，
中国女排首次夺得世界冠军十周年纪念活动
在郴州举行

郴州乡亲深情厚谊，难忘这里是永远的“娘家”。

老女排队员相继退役后，各自发展，天南地北再难相聚。但郴州，她们想方设法也要“回家看看”。1986 年，杨希回来了。1988 年，张蓉芳回来了。1989 年，周晓兰回来了。

何时能团聚，大家盼望着。

1991年，女排首夺世界冠军十周年纪念活动在郴州举行。10月14日凌晨，郴州火车站张灯结彩。从广州开来的66次列车徐徐进站。车门刚打开，郎平、孙晋芳、曹慧英、陈亚琼、梁艳、杨希、朱玲、张洁云、周鹿敏、沈散英等10名老女排队员和邓若曾教练走下列车，与前来迎接的郴州市领导、各界群众紧紧握手。

从车站到基地，一路彩旗招展、鞭炮齐鸣，郴州以最高规格、最热情的方式，迎接“女排家人”。郎平特意从美国赶回来，她动情地说：“中国女排冲出亚洲走向世界离不开竹棚馆的艰苦磨砺，中国女排开创‘五连冠’离不开这里的7次练兵。人非草木，饮水思源，我们对这里都有很深的感情，这里是我们的‘娘家’，我一直都想回‘娘家’来看看。……回到‘娘家’我感到特亲切，‘娘家’人待我这样热情，我好感动!”她流下了眼泪，在场的人也都热泪盈眶。

“老大”曹慧英激动地表示：“中国女排能‘冲出亚洲，走向世界’，为国争光，在郴州的艰苦训练的作用和意义特重要、特重要!”

陈亚琼特地到1981年集训时住过的1栋109号房间看了看。

女排姑娘们最后请退了众人，单独在竹棚馆里待了半天，她们在里面说了什么，无人知晓。但可以肯定的是，

1991 年，女排老队员重返郴州，
在竹棚馆前合影

她们心中最有分量的，还是竹棚。

竹棚不仅是中国女排艰苦创业的营地，更是她们攀登世界体育高峰的出发点和培育拼搏精神的摇篮。

岁月流转，简陋的竹棚早已被现代化的场馆取代，但竹棚里的那段峥嵘岁月，将永远珍藏在女排姑娘们记忆深处。

1991年，女排姑娘在郴州北湖公园女排雕塑前留影

18 ℃的承诺

“兵马未动，粮草先行。”

两军对垒，后勤保障是制胜关键。没有粮草，纵使虎狼之师，也会陷入无米可炊、无衣御寒的险境。

同样，球场如战场，后勤保障的好坏，直接影响女排队员的身体机能、运动状态、心理波动。这时，郴州基地的重要作用就发挥出来了。

1982 年基地新训练馆落成，建设过程的艰辛以及后期不间断的维护，让基地花费了巨大心血。其中塑胶地板、训练馆保温两个问题，煞费苦心，尤为突出。

先说塑胶地板的问题。

塑胶地板弹性好、平整不滑，滚翻、扑救球不伤人。

当时国际比赛用的就是这种地板，许多国家训练时早就用上了。而中国女排在有毛刺的地板上训练出几个世界冠军，对国外来说，是不可想象的。

为了改善训练条件，创造更好成绩，国家体委专门研究了这个“地板问题”，决定从日本进口塑胶地板。

1984 年 1 月，塑胶地板到了北京，花了 18 万多美元。可是怎么送到郴州基地呢？眼看备战奥运的新一轮冬训马上就要开始。

郴州基地决定火速派人去迎接新地板。这个光荣而艰巨的任务交给了基地工作人员李均阳和司机凌跃。

1 月 5 日，郴州出太阳，兆头不错。一大早，两人高高兴兴地出发了。

郎平在做臂力训练

车出郴州，凌跃边开车边说：“我们这次好走运，这件事很有意义，要记住。我们为女排打奥运会拖塑胶地板，假如她们打赢了，我们也出了点力！”两人边走边聊，禁不住心潮澎湃，热血沸腾。

当时没有高速公路，车子从湘南出发，北上穿过湖南大部、湖北、河南、河北，一路颠簸，风餐露宿。每天早上 5 点开拔，凌晨一两点才歇脚。

经费有限，能省一点是一点。再加上怕司机吃坏肚子影响开车，每次在路边小店吃饭，李均阳都亲自下厨炒菜。一顿合胃口的湖南菜，热热乎乎，保证司机吃饱吃好，劲头足足开好车。

过了武昌，开始飘雪，雪越下越大，路牌被飞雪遮住，路被积雪掩埋。一路走，一路找，两人心中焦急。特别是晚上在黄河大桥遇到堵车，急煞个人，他们想着：千万不能耽误了女排集训。

一路疾驰六天，10 日晚上终于到达京郊长辛店，可是进京时车辆检查站不让进。李均阳转了 3 次车，第二天早上 7 点多才终于找到女排领队张一沛家。见他风尘仆仆满面劳累，张一沛很是感动，下厨打了鸡蛋煮了一大碗面给他吃，然后派人带他去办进京手续。

李均阳和凌跃到达国家体委，马力克教练带着江申生、陈忠和、秦毅斌、李连邦、苏迎春、蔡毅等女排陪训教练和工作人员，早早候在门口。听说是凌跃一个人开车前来，他们连声说："辛苦，辛苦！了不起，了不起，这么快就来了。"

大家齐心协力把塑胶地板装上车。马力克教练一行坐火车赴郴州，凌跃两人装着地板开车返回。

15 日凌晨 4 点离京，又是一路飞雪，天寒地冻。

车子绕道而行，经天津、山东，过河北、湖北，进入湖南境内竟爆了一个后胎。两人拆卸下来，推着车胎在雪中行走，走了几里路才找到补胎的小店，补好后又推回去装上。

路途愈发危险。一路走来，冰雪中翻了 30 多台车。有一天凌晨 1 点，行至长沙郊区，见一辆车翻在路边，司机拦路求援，无人应答。李均阳、凌跃于心不忍，帮他把车拖上路面。司机得知两人来自女排训练基地，操着长沙话千恩万谢："怪不得啰，你们学女排学得好！"

20 日凌晨 1 点，塑胶地板终于拉回基地。

这可真是巨型的地板啊！它长 34 米、宽 19 米，要按新训练馆 45 米长、35 米宽的尺寸拼装，怎么拼，大家都不会。这种地板是第一次在国内使用，所有人中，只有马力克和陈忠和在国外见过。

在场地工人协助下，地板拼装了三天三晚。大家蹲在地上，板与板之间稍有空隙或稍有不平，就要返工，事关

2007年6月1日，北仑国际女排精英赛决赛，中国女排迎战古巴队，球迷为中国队加油

女排训练大计，容不得半点差池。夜以继日，腰酸腿疼，但想到女排集训能用上国际化地板，大家就有了使不完的劲儿。

之后每年中国女排集训，基地都要派人在北京—郴州之间往返，运送塑胶地板。

而训练馆的保温，是基地面临的又一个大问题。

地板安好了，队伍还未到，袁伟民教练的电话就先到了。提出一个“苛刻”要求：训练馆的气温不能低于18 ℃。

基地长期接待运动队冬训，早就知道了，按排球运动规律，气温在17 ℃以上，手指可自由弹动，不易受伤。但袁指导这个要求不一般，比过去高1 ℃。

在下雪的冬季，庞大的场馆每提高1 ℃都无比艰难，考验着基地的人力、物力和脑力。基地工作人员明白，18 ℃一定是为了备战好第二十三届奥运会，确保队员少出伤病，以利夺取金牌。

基地再次立下“军令状”，保证把温度升到 18 ℃。

先是买来一套电热暖风管装上，可新馆空间太大，难以奏效。又与部分暖气片一起试，效果好些，但每小时电费要花 1000 多元，温度也才到 14 ℃。有人提出，北方的房子保暖效果好，是因为用了双层玻璃窗。

袁伟民指导心急如焚，再次来电：“一定要想办法达到 18 ℃以上。郴州近期阴雨天多，冷了受不了，老队员肩、膝关节的老伤容易复发。”

于是，基地全体动员，拆了暖风管，组织青壮劳力，抬进 50 多组暖气片，沿馆墙装好。又派人爬上屋顶，用泥草堵住所有风口，再用薄膜蒙住大面积玻璃钢窗，造成密封效果。

连续干了两个通宵，最后一看挂在排球网上的温度计，超过了 20 ℃。大家心里美得不行。

第二天女排到达，袁指导很高兴，十分感谢基地的辛勤付出。趁热打铁，基地作出了新规定：从 1 月 27 日女排到达开始，馆内温度低于 18 ℃算一次事故。

结果 1984 年女排集训 70 天，从未出现过一次室温低于 18 ℃，这份承诺见证了后勤保障对女排的有力支持。

23

THE FIGHTING SPIRIT OF THE CHINESE WOMEN'S VOLLEYBALL TEAM

“女排热”经久不衰

女排精神始终激励人心，“女排热”一次又一次在全国蔓延。

郴州是女排腾飞之地，女排精神成为郴州精神的重要组成部分。从 1979 年至今，郴州“女排热”经久不衰，时刻鞭策着这一方百姓锐意进取，勇闯新路。

说到郴州与女排的情缘，要回溯到北湖公园湖畔那两个竹棚。油毡顶、木板地，艰苦的竹棚里，蕴藏着女排腾飞的秘密。也让郴州人在女排的拼搏精神中深受感染，深受教育，深受鼓舞，义无反顾走上“爱我女排”“护我女排”的真情之旅。

坊间流传着一段佳话。

中国女排首次夺得世界冠军后，一位须发皆白的老者在竹棚边笑言：“凤栖梧桐应该改成凤栖竹棚，中国女排从竹棚起飞，拿了世界冠军，竹棚有 5 块场地，1 块场地拿 1 个冠军，5 块场地应该拿 5 个冠军。”没想到，老人的一句良好祝愿，竟真的实现了。

垂垂老者尚对女排青睐有加，更不用说广大中青年群众了。

当年郴州“女排热”盛况空前。从 1979 年开始，女排每次来郴集训的后一阶段，每周都要安排 2 场左右的教学比赛，由主力阵营对阵替补阵营，或对阵男陪训教练组成的联队。目的是从实战出发，检验训练效果和锤炼队伍。

为了烘托比赛氛围，营造现场环境，需要正式的比赛规则和尽可能多的现场观众。

1979 年到 1981 年这三年间，女排不但把队伍拉到郴州市的灯光球场打公开赛，还在基地的竹棚训练馆打过有观众的教学赛。灯光球场场地开阔，观众更多，氛围更好，女排打比赛更有身临其境的感觉。仅 1981 年，女排就在灯光球场打了 5 场教学比赛，观众累计达两万余名，总数超过了郴州当时城区人口的 10%。

对于身居小城的郴州百姓来说，能现场观看国家女排比赛，如果不是女排来郴州集训，大概率是不可能的，所以他们更珍惜每一次机会，抓住机遇与中国女排零距离接触。

于是出现感人的一幕幕。体育爱好者们踊跃前来当义工，或打扫卫生，或捡球、陪练，或推拿按摩，或教文化课，或送土特产，甚至还到后厨检查餐饮质量，充当“营养师”。按现在的话说，他们就是当年中国女排的“超级后援团”，凡是有利于中国女排的事，他们都冲锋陷阵，义不容辞。

这其中有两个特别可爱的球迷：老谢，老姜。

这老哥俩因为抢着帮女排，还产生了竞争关系，只看谁做得多，谁做得好，谁想得远，谁帮助大。

老谢是一位医生，1979 年冬，因为特殊的机缘，他认识了女排随队医生李家盈，就此打入基地，成为女排的“编

2008 年 8 月 19 日，北京奥运会女排四分之一决赛，中国女排 3：0 俄罗斯队，挺进四强，球迷们兴奋欢呼

外医生”。

老谢当年 46 岁，是个十足的体育迷。每周末看女排比赛，看到袁伟民教练和女排姑娘们高度的敬业精神，为了祖国和集体荣誉不顾一切的献身精神，他从心底里涌出一种冲动，想为女排做点什么。

恰好当时随队医生只有一位，每堂训练课下来，要为 10 来位队员按摩治疗，一个人实在忙不过来，想雇人帮忙。老谢适时出马了：“不用再请别人了，就让我跟您学，不要付报酬。”

就这样，老谢成为李大夫的得力助手。每天除了上班和睡觉，业余时间几乎都“泡”在训练馆。老谢家离基地有四五里路，他每天早上5点就起来到基地与女排队员一起出早操、跑步，晚上11点多才骑单车回家，风雨无阻。

老姜其实本职是银行干部。年过半百，爱好体育。女排第一次来郴州集训，他不请自到。从此每天下班直接到基地，周日全天“泡”在基地。女排姑娘们训练时要球不要命的情景，深深打动了他，他也觉得要做点什么才心安。

每天从单位下班，他接着到训练馆“上班”，成为球场的专业“捡球员”。有时球不小心砸得他眼冒金星，他心里还为女排的进步而暗自高兴。外人奇怪了，问他是哪里工作的，他泰然自若地说，基地打杂的。

很快，在义务服务过程中，两位超级球迷成了“对手”。老谢是医疗专业户，老姜没法比，就侧面出击，比精神鼓励、比饮食营养。

老姜拿出写打油诗的看家本领，给每位队员写励志诗。夜里用毛笔大字抄好，隔天一早带到基地。先交给基地工作人员，基地领导一看，认为这是郴州人民的宝贵心意，赶紧交给女排领队张一沛。

很快，女排队员们列队站好，李家盈大夫一首首宣读，袁指导、邓指导在一旁笑眯眯地围观。张领队最后指着老姜说：“这是郴州的‘老球迷’老姜花了很多工夫，特意写的，他为了什么？是为了我们胸前的‘中国’两个大字。

我们一定不要辜负他这一片心，好好练好好打，为国家为人民争取更大的荣誉。”

一番话说得老姜心里热乎乎的，女排姑娘也把老姜当成了自己人。

见基地缺少烹调高手，老姜想到一位老乡，是某军工厂的退休炊事班长，于是推荐他到基地掌勺。炊事班长做的饭，让女排姑娘们胃口大开，老姜心里美滋滋，因为又比老谢多为女排做了一件事。

后来，老姜到省体委买了件运动背心，印上“17”的号码。意思是女排团队有 16 个人，印上“17”算是第 17 号——“捡球队员”。

“编外医生”和“编外球员”的故事，是郴州“女排热”的缩影。

而更多的“热”，体现在郴州人民对女排无微不至、热情真挚的关爱中。基地服务员总是悄悄洗干净女排队员汗湿的衣服，默默用木炭盆烘干衣服、暖好房间。基地守门大爷对闲杂人等严防死守，却将一封封承载着思念的家书亲自递到每一位女排姑娘手里。

他们的想法很朴实，也很感人。“我们是郴州主人，女排是国家女排，关心女排就是关心国家。”

“首夺冠”“三连冠”“五连冠”……女排从郴州出发，不断改写历史，创造奇迹。郴州“女排热”高潮迭起，

2015 年 5 月 28 日，女排亚锦赛决赛，
中国 3 ： 0 战胜韩国，球迷赛场助威

地市党政部门号召各行各业学习女排精神，争做生产标兵。

1986 年“三八”妇女节，时任湖南省委副书记、省长熊清泉到郴州基地看望集训中的女排姑娘。熊清泉说：“中国女排的拼搏精神，是鼓舞我们奋发向上的一种精神力量，我们要克服前进中的困难，取得事业的胜利和成功，就得学习女排的拼搏精神。郴州是女排的娘家，欢迎同志们再来，祝你们取得新的更大的胜利。”

女排精神，随着“女排热”，深深融入到郴州的城市基因中。这种学习女排、奋勇争先的故事，在全国各地轮番上演。

2018年世界女排联赛总决赛，
球迷们为中国女排加油

24

THE FIGHTING SPIRIT OF THE CHINESE WOMEN'S VOLLEYBALL TEAM

东山再起

袁伟民教练曾说：“女排是来创业的，不是来享受的。越艰苦的地方，越能磨砺意志。”诚如他言，比钢还强的是思想意志，比铁还硬的是拼搏精神，这正是中国女排一次次从困境中东山再起的秘诀所在。

当年郴州基地的职工记忆犹新，他们感慨：“中国女排不是拼搏精神，而是拼命精神。”有一天晚上，场馆里传出大哭声，基地同志吓坏了，赶过去一看，原来姑娘们不是因训练苦累或受伤而哭，是怪自己的身体素质承受不了训练强度！

凭借这种“拼命”精神，女排缔造了“五连冠”的传奇。“五连冠”后，郎平等老队员相继退役，但女排精神却像火种，继续燃烧在“铁打的营盘”里。

又是一个难熬的新老交替期。

1987 年 1 月 9 日，中国女排抵达郴州集训，备战 6 月份举行的第四届亚洲女排锦标赛。

大年三十，训练馆中传出“啪啪”的击球声，与郴州四处燃放的烟花爆竹交相呼应，合奏出充满汗水又不失欢乐的新年序曲。整个过年期间，姑娘们闻鸡起舞，日复一日艰苦训练。

外面北风呼啸，而在训练馆里，姑娘们头顶冒着热气，脸上挂满汗珠。一只只球从教练手中飞出，像连珠炮般袭来，郑美珠、杨晓君、姜英奋不顾身倒地扑救，给新队员做示范。

这不禁让人唏嘘。

三年前，她们还是郎平手把手教的新队员，如今她们也像郎平当年一样，手把手教新队员，从传、垫、扣、拦等基本动作开始，磨炼她们的意志，把她们培养成合格的接班人。

新队员中，1 米 88 的李月明分外抢眼，她个子最高，年纪最小，却有所向披靡的扣杀和强攻。恍惚间，人们想起 1979 年的郎平，那时她个子也最高，年纪也最小。后来，李月明果然成为像郎平一样的主攻手、顶梁柱。

薪火相传，并不需要惊天动地，而在于恒久的坚持，在于永不言弃的进取，久久为功，绵绵不息，才有了让人高山仰止的卓越。

1987 年 6 月，中国女排果然在第四届亚洲女排锦标赛上顺利夺冠，新老交替完成了女排精神的接力。

前进道路上总有风吹雨打。由于后备力量不足，在世界女排战术变革的浪潮中，中国女排逐渐丧失优势，竞技成绩开始下滑。

1987 年汉城奥运会中国女排仅获铜牌，1992 年巴塞罗那奥运会上获得第 7 名，1994 年第十二届女排世锦赛则跌落至第 8 名。在随后的广岛亚运会上，中国女排败给韩国队，卫冕失败，失去亚洲霸主的地位。

1995 年，被视为“女排精神”化身的郎平出任女排主教练。放弃国外高薪回国的她，“受任于败军之际”，给中国女排注入了重振雄风的信心和希望，也引起国人的广泛关注和殷切期待。

郎平不负众望，调整思路，以忠诚与担当力挽狂澜，带领中国女排获得 1996 年亚特兰大奥运会亚军。尽管留下遗憾，但女排身上那股不服输的拼劲、打不垮的韧劲，让人看到了女排精神的传承。

1997 年，郎平率领中国女排获得第九届亚洲女排锦标赛冠军。1998 年夺得第十三届女排世锦赛亚军，并重获亚运会金牌。但由于始终未能带领球队重夺世界冠军，郎平

2003年，中国女排在郴州基地苦练快攻

同年宣布辞职。

进入新世纪，悉尼奥运会上第5名的成绩让广大女排球迷倍感失落。新任主教练陈忠和上任后，大胆起用新人，重组后的中国女排精神面貌焕然一新。

2001年4月，陈忠和率领中国女排姑娘时隔13年再

2003 年 11 月 15 日，
中国女排夺得第九届女排世界杯冠军

次南下郴州集训，站上了通向 2004 年雅典奥运会的起点。

陈忠和说：“我们天天在讲，要成功就需要努力，就要每天跟困难作斗争，我们目标不是亚洲，是世界啊，2004 年雅典奥运会，所以你就是要不断提高，不断要求。”

2002 年亚运会决赛上，中国女排没有辜负期望，经过一个多小时的激战，最终以 3 ：1 击败了东道主韩国队，获得冠军。

在随后的 2003 年女排世界杯上，顽强坚韧的中国女排最终 11 连胜夺冠，时隔 17 年重回世界之巅。

这届世界杯女排首场比赛是中巴之战，中国队在第一局几乎全线崩溃。巴西队多次封杀中国队的快攻，使中国队更加急躁，无法打出自身特点。

输掉首局后，陈忠和笑着对队员们说：“你们活动开了没有？”姑娘们冲着陈忠和笑了。陈忠和后来表示：“我预感到我的球员开始苏醒了。”心态放松的中国队连扳三局，以 3 ∶ 1 击败实力强劲的巴西队。

姑娘们流下了泪水，这是战胜自己的喜悦之泪，捅破这层窗户纸，中国队打开了胜利通途。

一路击败各路豪强，中国女排终于迎来决战大阪的关键时刻。

大阪是所有中国球迷难以忘记的地方，1981 年 11 月 16 日，当时就是在大阪，袁伟民率领中国女排以 3 ∶ 2 击败“东洋魔女”日本队，历史上第一次夺得世界冠军。

在踏上大阪之前，陈忠和与所有队员斩钉截铁地表示：“请支持我们的祖国人民放心，我们将全力以赴，血拼每一场、每一局、每一分，我们已经做好了在大阪向雅典奥运会和世界冠军冲击的准备。”

最终，一场荡气回肠的经典战役在大阪上演，中国女排以三年来的艰苦训练，重新诠释了顽强拼搏、永不言败的女排精神。

25

THE FIGHTING SPIRIT OF THE CHINESE WOMEN'S VOLLEYBALL TEAM

雅典大逆转

时间来到2004年，8月29日，随着彩色排球在空中划出一道美丽的弧线，等候多时的老将张越红高高跃起，将球狠狠地砸在俄罗斯队的界内。

绝地反击！强势逆转！

这一球，圆了中国女排20年的奥运冠军梦，“黄金一代”用奥运冠军的荣耀昭示了中国女排再次崛起。

当时的世界女子排坛，霸主缺席，群雄并起。

雅典奥运会上，中国女排的对手不少，美国、巴西、德国、意大利、俄罗斯等队，都具备夺冠实力。在前一年的世界杯赛场，中国队优势并不明显，夺冠之后更是成为众矢之的，所有对手都重点研究中国队的打法和特点。

奥运会采用分组交叉淘汰赛制，偶然性更大，因此中国女排清醒认识到自己将面临严峻考验。

主教练陈忠和表示：“我们有信心完成好征战任务，不辜负大家对中国女排的期望和信任。”

这年1月，女排全队到湖南郴州进行了为期一个月的集训，集训主要目的是把个人的基础打牢，再串联整个团队。3月初，全队前往深圳进行了一场队内对抗赛，而后转赴福建漳州进行第二阶段集训。

尽管集训训练量大，伤病容易反复，队员们依然咬牙坚持，谁都不想拖全队的后腿，这种精神难能可贵。

中国女排在雅典奥运会小组赛与古巴、美国、俄罗斯、多米尼加、德国分在同一小组。

首战美国队的比赛中，中国队主力副攻赵蕊蕊上场3分钟便旧伤复发，再次骨裂下场，中国女排的前景不容乐观。

但接下来的比赛中，中国队越战越勇，以小组第一的成绩进入8强。

四分之一决赛，中国女排3 ： 0轻取日本队顺利晋级半决赛。

半决赛面对小组赛以2 ： 3失利的对手古巴队，女排姑娘们顽强拼搏，以3 ： 2险胜对手，挺进决赛。

女排决赛的对手是半决赛战胜巴西的俄罗斯队。

雅典奥运会女排决赛中，
中国队迎战俄罗斯队

无论从近几年两队的战绩分析，还是从数天前两队在小组赛的首次交锋看，中国队的综合实力都高于俄罗斯队。

小组赛中国女排曾以3 ：0轻取对手，因此球迷赛前普遍认为中国队取胜的概率明显大于俄罗斯队。

但是体育比赛的魅力就在于不能以过往的比赛成绩来判断当下比赛的胜负，只要比赛没有结束，一切皆有可能！

半决赛中，俄罗斯队在先失两局的不利局面下奋力反击，连扳三局，以3 ：2艰难战胜巴西队，展现出顽强的作风。

从打法看，两队的技术风格完全不同，中国女排讲求的是节奏的快变，俄罗斯女排则更擅长网上的高举高打。

第一局比赛，两队进入状态很快，并发挥出了各自的特点。中国队开局不错，但始终难以拉开比分，俄罗斯队高点强攻威力不减，防守也得到了完全改观。虽然中国队首先获得局点，最终还是先失一局。

第二局比分依然胶着，中国队再次失利，球迷们都感到“凶多吉少”。

中国女排姑娘们却毫不动摇，通过全队的团结协作和顽强拼搏，不放弃一丝希望，连胜两局，赢得了打决胜局的机会。

虽然双方总比分2 ： 2，两队似乎回到了同一起跑线，但两军对战，气势此消彼长。

两局落后扳平比分的中国队，对阵先得两局而后被逼平的俄罗斯队，两队气势上已经不均等了，胜利的天平开始向中国队倾斜。

决胜局中，中国女排姑娘们将自己进攻灵活多变、防守和小球串联技术好的特点发挥得淋漓尽致。而俄罗斯队情绪明显急躁，战术越来越单调，使中国队的拦网和防守更加自如。

最终中国女排没有给对手机会，一直保持领先优势，拿下了决胜局。

经过两个多小时的艰苦奋战，中国女排3 ： 2力克俄

2004年8月29日，
雅典奥运会女排决赛，
中国队庆祝夺冠

罗斯队，继1984年洛杉矶奥运会后第二次获得奥运会冠军，时隔20年终于梦圆雅典！

此役中国队的成功之处在于赛前准备充分，遇到困难从容不迫，坚信自己的实力。

第四局落后时，中国女排一如既往地果敢沉稳，这才把握住了转机。随后第五局越战越勇，大家齐心协力，一球一球地拼，直到最后一分。

同时，中国队坚持自己的快变战术，每个人都打出了自身特点，互相创造条件。对于俄罗斯队的高点强攻，不过多地依赖拦网，而是前后排分工合作，前排争取有效拦网，后排力拼防守，收到了较好的效果。

针对场上局势，中国队灵活应变，及时调整战术，将自由人换到六号位防守，使防守成功率提高。

总之，雅典逆转集中反映出中国女排在精神面貌、技战术运用和临场应变能力上的优势，充分显示了中国女排的顽强拼搏精神!

雅典夺冠后，中国女排开始饱受伤病困扰，主力队员冯坤和张萍的膝盖都已严重积水，雅典短暂登场的赵蕊蕊，也必须面对痛苦的手术和无尽的养伤、等待。

陈忠和表示："雅典奥运会后，发生了很多意想不到的事情，几名主力队员都出现了严重的伤病，这些队员原本应该承担起在北京奥运会上冲金的重任。由于她们的伤病，我们不得不在短短的一两年时间内培养新人，但新人的能力没有达到理想的程度。"

北京奥运周期，中国女排带着荣耀与遗憾开启，最终也伴随着遗憾结束，其中不变的是女排精神的闪耀与传承。

雅典奥运会女排决赛胜利后，女排姑娘们高举国旗庆祝胜利

2004 年 8 月 29 日，雅典奥运会女排颁奖仪式举行

26

THE FIGHTING SPIRIT OF THE CHINESE WOMEN'S VOLLEYBALL TEAM

遗憾北京

“从我当时分析的实力，北京应该不比雅典的实力差，甚至可能会更好一点。结果因为自身的压力没有真正摆脱好，这个是我一生当中最遗憾的。”陈忠和后来回顾说。

2008 年北京奥运会，人们对中国女排的关注度到了一个新的高度。

一方面是因为主场作战，另一方面是因为中国女排作为 2004 年雅典奥运会冠军，是北京奥运会上唯一有希望拿到金牌的大球集体项目，女排因此承载了更多人的期望。

陈忠和表示：“队员们这几年吃了很多苦，就是为了奥运金牌的梦想。我们为此尽了全力，但还是辜负了大家的期望，我们的目标是至少打进最后的决赛，再为夺金做

2008 年 8 月 9 日，
北京奥运会女排小组赛，
中国女排队员跳起发球

最后一搏。”

“黄金一代”走到了生涯末期，开始了她们的谢幕之旅。

小组赛首场，面对实力较弱的委内瑞拉，中国女排以 3 ∶ 0 轻松获胜。

对战波兰，在首局以微弱劣势输掉的情况下，队员们及时调整心态，连下三局，最终以 3 ∶ 1 获胜。

接下来是和古巴、美国的两场硬仗，都打满了五局。与古巴队的比赛，中国队在大比分 2 ∶ 0 领先的良好局势下没能把握机会，被对手连扳三局，惨遭逆转，遭遇了首败。

对阵美国，媒体广泛关注，因为当时美国女排的主教练正是郎平，这是一场“和平之战”。比赛现场座无虚席，甚至连国家领导人也亲临现场观看，时任国际奥委会主席萨马兰奇也到了现场。

两队你来我往，比赛如预期一样打得难解难分，双方各胜两局。决胜局，美国队的防守更加出色，最终中国队以 2 ∶ 3 不敌美国队，遭遇两连败。

赛后，很多媒体采访郎平对这场比赛的感受与心情，郎平表示：“没想到美国队能赢。”

小组赛最后一场，中国队 3 ∶ 0 战胜日本队，最终排名小组第三。

四分之一决赛中，中国队力克俄罗斯队闯进半决赛，

2008 年 8 月 23 日，北京奥运会女排季军战，
中国 3 ： 1 战胜古巴，获得铜牌

迎来了当时最强劲的对手巴西女排。结果，“黄金一代”的老迈在这一战彻底显现，0 ： 3 被横扫出局，无缘决赛。

陈忠和指出：“我们在小组赛对古巴和美国时，输了两场本来可以赢的比赛，如果这两场赢了，我们在淘汰赛的对阵形势就会有很大变化，或许现在就能够进入决赛。”

在季军争夺战中，中国女排经过四局苦战，最终 3 ： 1 复仇古巴队，拿下一枚宝贵的铜牌。这场比赛，中国队一开场就表现出旺盛斗志，技战术配合也接近完美，放手一搏，越打越自信。

取得胜利的那一刻，女排姑娘们激动地拥抱在一起，让泪水尽情洒落。这场比赛之后，一批老将告别世界大赛的排球场，一枚铜牌绝非她们追求的目标，却也是一场堪称完美的谢幕。

陈忠和说：“这是一枚‘血淋淋’的铜牌，它没有金牌鲜亮，却和金牌一样宝贵。”“几个老队员太不容易了、太难了。特别是冯坤和赵蕊蕊，受伤之初，医生就断言她们不可能出现在北京奥运会的赛场上了，但她俩坚持到了今天，可以说付出了常人难以想象的艰辛。”

冯坤坦言：“我自己站在奥运赛场上已经是很荣幸了，但是站在上面的时候，每个运动员都希望争取冠军，尤其我自己告诉自己，尽力去拼每个球。但是我现在感觉，自己最大的满意就是跟队伍并肩作战，走到最后，金牌银牌铜牌，在我心中并没有跟队伍并肩作战重要。”

“一切都很不容易，我们一起走过了八年。为什么团队精神那么鼓舞士气，其实在团队里一个人的作用很渺小，但是所有人的力量聚集在一起，势不可当，没有什么可以战胜。回想起来，挫折真的不算什么，能走到最后，每个人都会觉得很值得。下面年轻队员仍然有她们的实力和勇气，用拼搏精神一直走下去，有全国人民对中国女排的厚爱，中国女排精神永远存在。”作为中国女排队长，冯坤的话掷地有声。

2010 年 11 月 27 日，
广州亚运会女排决赛，
中国队获得冠军

本届奥运会，中国女排诸多技战术运用已经被对手了如指掌，处于一种保守、维持的状态。中国队的杀手锏是利用快攻战术与对手抗衡，而这些战术能够实施的前提，就需要万无一失的一传稳定性。

一传是一个球队安身立命之本，一传若不到位，快攻配合就根本无从谈起。

当时任何一支欧美强队在与中国队的比赛中，都会不遗余力地利用发球破坏一传，甚至不惜失误，目的就是破坏中国队的接发球体系，牢牢抑制住中国队变幻莫测的杀伤力，从而解放自身拦网压力。

与巅峰时期相比，当时中国队保证一传稳定性的能力已不能同日而语，一传的致命硬伤使得中国队多种技战术配合近乎荒废，这对于以快攻为主的中国女排来说无异于“断臂之痛”。

正是面临这种困难，伤病缠身、苦苦支撑的中国女排，顶着半决赛失利的巨大痛苦，迅速调整好状态重新振作，成功站上领奖台，这难道不是一种伟大的超越吗？

“黄金一代”队员们用自己顽强不屈的拼搏精神宣告世人，自己无愧于“女排精神”这四个字。

北京奥运会的征程结束，主教练陈忠和带着遗憾离任，冯坤、赵蕊蕊等老队员先后退役，完成了他们的历史使命，中国女排在低谷中潜心磨炼，等待着下一次绽放。

2011 年 4 月，
中国女排在福建漳州基地集训

2012 年 3 月 12 日，
中国女排在北京训练

2011 年 11 月 17 日，
第十一届女排世界杯上，中国 3 ：0 战胜肯尼亚，
惠若琪扣球

佛山照
4
佛山照
7

2011 年 11 月 18 日，
第十一届女排世界杯，
中国女排 3 ： 0 战胜德国队，
拿到奥运参赛资格

我们再出发

激扬·时代强音

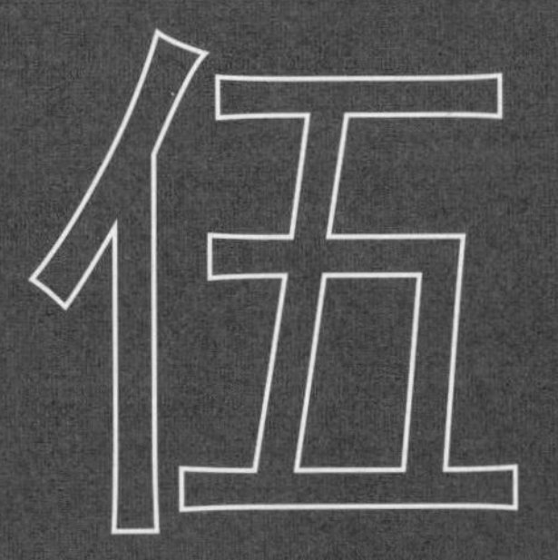

在中国女排这个光荣集体里，
女排精神不断传承，这是我不断进步的根本原因。

——朱 婷

27

THE FIGHTING SPIRIT OF THE CHINESE WOMEN'S VOLLEYBALL TEAM

新的奋斗

2015 年 9 月 6 日，在日本名古屋，时隔 11 年，中国女排终于再次站在世界冠军的大门前。

第十二届女排世界杯最后一轮，年轻的中国女排对阵东道主日本队，获胜就是冠军。

冠军点一球，主教练郎平换上了为战胜伤病重回赛场咬牙坚持了一年的魏秋月，她想让这位历经磨难的老将站在球场上感受荣耀时刻的到来。

朱婷一记重扣，中国女排重回世界之巅！

这是几代女排队员多年奋斗的结果。

北京奥运之后，中国女排经历几次换帅，2011 年先后获得亚锦赛冠军和世界杯季军，拿到了直通伦敦奥运会的

资格。

带着球迷的期盼，也担负着三大球唯一的冲金点，中国女排踏上了伦敦奥运征程。

小组赛中国队深陷“死亡之组”，跌宕起伏杀出重围，四分之一决赛对手是日本队，成功避开了美、巴、俄等强队，进军半决赛甚至决赛的希望大增。

中日女排恩怨数十年，此前中国队已经很长时间未在重大比赛中输给日本队。然而这场比赛，双方苦战五局，中国女排以两分之差惜败于老对手，被挡在四强门外。

比赛结束后，姑娘们痛哭流涕。

当时郎平作为中央电视台解说嘉宾，面对镜头也遗憾落泪，“铁榔头”对中国女排的拳拳之心感动国人。

之后的亚洲杯，中国女排再次败给泰国队。

在亚洲被日本队、韩国队、泰国队压制，在世界排坛沦为二流，中国女排前进道路上布满荆棘和挑战。

2013 年，进入里约奥运周期的中国女排，迟迟没有组建。

主帅人选“难产”的背后，是整个中国排球界的迷茫。

人们想到了郎平，希望她能够再次出手，带领中国女排走出困境。

郎平经过深思熟虑，决定出任中国女排主教练，她以“传承女排精神，走出低谷，再创辉煌”为目标，制订了

2013年4月25日，郎平出任中国女排主教练

四年计划。

用一年左右时间完成选材，确定国家队大名单，组合一支以老带新的队伍，同时培养有前途的年轻队员，为下一个奥运周期做准备。到2014年底在亚洲取得领先优势，2015年力争冲出世界二流集团，争取进入或靠近第一集团，2016年奥运会力争突破。

以往的中国女排，主力和替补队员、替补和落选队员之间界限明显，造成主力整天累死，不管大小比赛都主打，而替补队员整天拍手，落选队员更是毫无机会。一旦主力队员受伤或状态下滑，则影响巨大，后果惨重。

郎平贯彻“大国家队”的概念，扩大国家队选材范围，征召更多有技术特点、有冲劲潜力的年轻队员入队集训。

“大国家队”储备和锻炼了更多人才，能打球的人多

2014 年 7 月 4 日，中国国际女排精英赛郴州站，
中国女排 3 ： 1 战胜比利时队

了，就不用怕伤病困扰，随时都有人能顶上来。

郎平指出：“中国女排这么多年一直在世界先进行列，大方向一定是对的，但是科技不断发展，人们的认识水平不断提高，现代排球也在发生深刻的变化，中国女排遇到的挑战，是如何在新的时期平衡变与不变。”

“坚持在全面基础上的快速多变，是中国女排立身世界强队之本，但是排球运动发展到今天，也不可能再靠六七个人包打天下。对每位教练、运动员来说，都面临突破舒适圈，去尝试那些‘不会’‘不愿’‘不敢’和‘不可能’。”

2013 年和 2014 年，中国女排两度到湖南郴州参加比

2014 年 10 月 13 日，第十七届女排世锦赛决赛，
中国女排 1 ： 3 不敌美国队，女排队员互相安慰

赛。郎平动情地说：“来到郴州就像是回娘家一样，感觉很亲切。郴州是女排福地，我希望以前是，以后也是。”

经过一年多的恢复，2014 年中国女排获得第十七届女排世锦赛亚军，这是雅典奥运会之后，中国队在三大赛上取得的最好成绩。

2015 年女排世界杯，一共 12 支球队参赛，包括 2014 年世锦赛冠军美国队、欧洲劲旅俄罗斯队和塞尔维亚队，以及美洲劲旅古巴队等强队。因为赛制的限制，2012 年伦敦奥运会冠军巴西队和两届世界杯冠军意大利队未能参赛。

第一阶段的比赛，中国女排和美国女排、塞尔维亚女

2014 年 10 月 13 日，
中国女排时隔 16 年再获女排世锦赛亚军

2015 年 5 月 28 日，女排亚锦赛决赛，
中国 3 ： 0 战胜韩国，夺冠捧杯

2015 年 4 月，中国女排在浙江宁波北仑基地封闭训练，积极备战亚锦赛

2015 年 8 月 27 日，第十二届女排世界杯第 5 轮，中国 3 ： 0 战胜秘鲁

2015 年 9 月 5 日，第十二届女排世界杯第 10 轮，
中国 3 ： 1 战胜俄罗斯

排、韩国女排等强队分在了一组。首场比赛，中国队以 3 ： 1 击败欧洲强敌塞尔维亚队，拿下开门红。第二场比赛，中国女排 3 ： 0 轻取非洲球队阿尔及利亚，豪取两连胜。

第三场比赛，中国女排迎来了苦主美国女排，结果中国队发挥不佳，以 0 ： 3 输给对手，无缘三连胜。随后中国队战胜韩国队、秘鲁队，以四胜一负结束了第一阶段的比赛。

第二阶段比赛开始后，中国女排整体状态有所提升，以三个 3 ： 0 分别击败了古巴女排、肯尼亚女排和阿根廷女排，取得三连胜。这三场比赛非常重要，为中国女排最终夺冠奠定了基础。

2015 年 9 月 6 日，第十二届女排世界杯，
中国 3 ： 1 战胜日本，女排姑娘赛后庆祝

第三阶段比赛中国女排发挥依然稳健，首场比赛以 3 ： 0 横扫多米尼加女排。第二场比赛以 3 ： 1 战胜劲敌俄罗斯队，最后一场比赛又以 3 ： 1 击败日本队，力压塞尔维亚女排拿下冠军。

本届世界杯上，中国女排队员朱婷表现非常出色，最终力压群雄问鼎 MVP，此后朱婷也凭借自己的努力一步步成长为女排领域的第一球星。

郎平率领的国家队，不再以魔鬼训练作为手段，换成科学、适量的训练，更加重视保障体系建设和队员的长远发展。以人为本的理念得到充分彰显，顽强拼搏、永不言败的精神接续传承。

2015 年第十二届女排世界杯，中国女排夺冠合影

CHN
中华V3
华晨汽车
3

28

THE FIGHTING SPIRIT OF THE CHINESE WOMEN'S VOLLEYBALL TEAM

里约之旅

2014年世锦赛亚军、2015年世界杯冠军，郎平用不到三年时间带领中国女排走出低谷，人们开始对里约奥运会充满期待。

然而在里约，中国女排开局不利，一步步把自己推到和东道主巴西队争夺一个四强席位的悬崖边。

从小组赛首场比赛开始，女排姑娘们就陷入了低迷，茫然不知所措。

小组赛五场比赛，队员们在苦苦寻找状态，郎平也不停地换人换阵容。她说："只有12个人，要尝试各种可能的打法，想办法激活球员们的状态。"

2：3负荷兰、0：3负塞尔维亚、1：3负美国，五场小组赛中国队输掉了三场，最后只能以小组第四的成绩勉强跻身八强，在四分之一决赛中提前遭遇风头正劲、拥有天时地利人和的巴西队。

巴西女排是连续两届奥运会的冠军得主，在过去 8 年送给中国女排 18 连败。为了能够在家门口夺冠，她们保留了伦敦奥运会的冠军阵容，其经验与技术之强是各支队伍无法比拟的。战胜巴西队，几乎是不可完成的任务。

赛前训练结束后，大家开始拍照留念，教练、队员心照不宣，也许这将是她们在里约的最后一堂训练课。

在赛前动员时，郎平对女排姑娘们说：“要放开打，咬一口是一口，虽然我水平可能比你低，但不能让你随便

2016 年 8 月 17 日，里约奥运会女排四分之一决赛，
中国 3 ：2 战胜巴西

欺负。”“顽强拼搏是中国女排的名字，我们永不放弃！我们不是主场，但是中国女排身后有亿万国人的支持！”

经过五场比赛加一局的等待，年轻的中国姑娘们终于突破了“心魔”。当中国队以 2 ∶ 1 反超时，一位场边观战的记者评论说：“就算这场球输了，凭借着这两局的表现，中国女排也算对里约有个交代了。”

双方战至决胜局，赛点一球，又是朱婷！

她的一记后排进攻，击退了实力强劲的巴西队，中国女排昂首挺进四强，吹响了冲冠的号角。

半决赛面对荷兰队，中国女排火力全开，气势如虹。

重返奥运会女排四强，中国女排用了 8 年；重返奥运会女排决赛的战场，中国女排用了 12 年。

经历了频繁换帅的中国女排早已不再是当年称霸世界的王者之师，此次出战里约的 12 名队员里，只有 3 名有参加奥运会的经历，这是一支全新的、青春飞扬的生力军。

8 月 21 日，中国女排迎来了和塞尔维亚队的“终极对决”。

2016 年 8 月 17 日，里约奥运会女排四分之一决赛，中国女排对阵巴西队

2016 年 8 月 19 日，里约奥运会女排半决赛，
中国 3 ： 1 战胜荷兰，时隔 12 年再进奥运会决赛

几千名中国球迷涌入小马拉卡纳体育馆，使这里俨然变成了中国队的主场。比赛开始前，高亢的《义勇军进行曲》响彻全场，令人热血沸腾。

第一局塞尔维亚队抓住中国女排发挥不稳定的弱点，连续反击，用发球冲垮了中国队。

小组赛双方交手，中国队 0 ： 3 惨败，不能在同一个地方摔倒两次，此时女排的心理压力可想而知。

郎平通过换人调整很快帮助中国队稳住阵脚，主攻手朱婷与惠若琪多次抢攻得分，中国队在比分上逐渐甩开对手，获得第二局的胜利。

第三局中国队开局不错，比分一度拉开，塞尔维亚队

2016 年 8 月 21 日，里约奥运会女排决赛，
中国 3 ： 1 战胜塞尔维亚

奋起直追，疯狂反扑将比分追成 22 ： 23。

关键时刻，郎平果断叫了暂停，朱婷扣球打手出界，随后又发出一记漂亮的 ACE 球直接得分，让中国队有惊无险地拿下第三局。

第四局比赛依然胶着，双方比分咬得很紧。塞尔维亚队出现失误，发球出界，中国队拿到了赛点。

塞尔维亚队主教练叫了暂停之后，郎平将张常宁换上发球。站在替补席的丁霞和刘晓彤面带微笑朝着观众鼓掌，似乎看到了胜利女神在向中国队招手。

张常宁抬眼看了一下球网对面，像训练中无数次做过的那样发出了一记上手飘球。

2016年8月21日，
里约奥运会女排决赛，
中国女排队员发球

排球越过球网，塞尔维亚队一传接球失误，将球直接送到了网口。守候在网前的惠若琪一跃而起，将这个送上门的探头球狠狠地拍在对方界内。

25 ： 23！我们赢了！中国女排拿下了赛点！

在先失一局的不利局面下，中国女排连扳三局，3 ： 1

逆转获胜，战胜了强大的对手塞尔维亚队，时隔 12 年重夺奥运冠军。

小马拉卡纳体育馆沸腾了！万里之外的神州大地沸腾了！女排姑娘们激动地抱在一起，郎平和身边的教练员含泪相拥。

2016 年 8 月 21 日，里约奥运会女排决赛，
中国队战胜塞尔维亚队

赛后，郎平接受记者采访，她表示："我觉得应该感谢所有支持我们的人，还有我们排球界的全体同仁，包括漳州和北仑两个训练基地，都给我们很多很多的帮助，太多的人要感谢。也感谢我们所有的球迷，在我们最困难的时候一直支持我们。还有我们总局领导是特别偏爱女排，给我们提供了非常多的帮助。"

里约之旅的一波三折让郎平感慨万分，这

次夺冠也充分展现了女排精神："我们就是永远不放弃，追求每一分。包括今天也和大家讲不去想结果，就是认真地打好每一分。特别是到关键的时候，要敢出手！我们队员技术还不是最好，但是我们可以用我们的作风、用团队相互弥补，在比赛当中能够画一个圆。"

郎平也清醒地认识到："这次我们赢了，也有运气，还有很长的路要走。"

无数困难和挑战不会阻挡中国女排前进的步伐，也无法挫败她们昂扬的斗志，在烈火的淬炼中她们将变得更加强大，把女排精神永远传承下去。

2016年8月21日，中国女排逆转塞尔维亚队，第三次夺得奥运会女排冠军

VOLLEYBALL NATIONS LEAGUE
THE FINALS
VOLLEYBALL NATIONS LEAGUE
THE FINALS
VNL
THE FINALS

THE FINALS
03
04
05
06
07
VOLLEYBALL NATIONS LEAGUE
THE FINALS
THE FINALS
FINALS
MIKASA
THE FINALS

29

THE
FIGHTING
SPIRIT OF
THE CHINESE
WOMEN'S
VOLLEYBALL
TEAM

升国旗、奏国歌

“祖国，祝您生日快乐！”

2019年9月29日，在第十三届女排世界杯上，中国女排以11战全胜且只丢3局的成绩成功卫冕，颁奖仪式上她们展开标语，为伟大祖国庆生。

一年前，日本横滨，世锦赛半决赛，经历新老交替阵痛的中国女排遭遇强敌意大利队。双方苦战五局，中国女排两分惜败。

那一刻，许多期盼郎平带队赢得“三连冠”的球迷哭了。

但是郎平笑着鼓励队员：“比赛还没有结束，我们要继续努力！不能奏国歌了，还要努力把国旗升起来！”

姑娘们被郎平的话鼓舞了，她们擦干眼泪，再上战场，

2018年9月24日，中国女排在北京集训备战世锦赛，墙上悬挂标语“走下领奖台，一切从零开始”

以3 ∶ 0赢下最后一个对手荷兰队，收获一枚铜牌。

赛后，朱婷这样写道：“运动员的彼岸在哪里，我还在寻找。今天，我们带着胜利回家。”字里行间透露着这支球队历经风雨后的豁达，和有朝一日能重登世界之巅的强大自信。

终于在一年后，她们又赢了！

这是自1981年中国女排第一次夺得世界冠军以来，这个英雄的群体收获的第十个世界冠军，也是郎平和她率领的中国女排第三次站上世界冠军的领奖台。

身穿胸前印有“中国”的球衣，就要全心投入，不负使命。

2018 年 10 月 20 日，第十八届女排世锦赛铜牌赛，
中国女排与荷兰女排比赛中

从 9 月 14 日到 29 日，中国女排辗转三地，11 战 11 胜，向中华人民共和国 70 周年华诞献上了一份厚礼。

胜利不仅弥足珍贵，而且恰逢其时。

然而，11 连胜的酣畅淋漓并不等于比赛过程的波澜不惊。

9 月 22 日，中国女排的第六战对阵巴西女排。第 1 局中国队先下一城，巴西队接着连扳两局，首先陷入困境的，反而是中国女排。

关键时刻，郎平的临场指挥能力，朱婷、袁心玥等核心队员特别能打硬仗的能力，再一次充分彰显。最终中国女排以 3 ：2 再一次战胜巴西队！

由于 2018 年世锦赛冠军塞尔维亚队没有派出主力阵容，亚军意大利队未获得世界杯参赛资格，因此人们在分析本届世界杯的格局时，很容易得出这样的结论：中国女排最大的竞争对手是美国队。

于是，9 月 23 日的“中美之战”被视为本届世界杯的“天王山之战”。前一天中国队刚刚经历与巴西队的恶战，大家对这场比赛的预期普遍都是“估计会很胶着”。

然而，比赛的进程却多少有些出乎意料，中国队 3 ：0

2019 年 8 月 4 日，女排奥运资格赛中国 3 ：0 战胜土耳其，朱婷领衔中国女排庆祝胜利

完胜美国队，是外界高估了美国队的实力？答案显然是否定的，因为最终 11 轮比赛结束，美国队也只是输掉了这一场而已。

唯一可能的解释是，中国女排对美国队的研究远超对手，找准了对方的“痛点”，打到了对方的“软肋”。

这不仅要归功于场上的队员，更要归功于主教练郎平，她将所有问题与细节都考虑在内，并融入日常的训练当中，

再辅以灵活机动的临场指挥。这种工作作风让她很辛苦很劳累，甚至多年来伤病缠身，但也让她成为世界公认的优秀排球教练。

可以说，正是因为对阵美国队时中国女排战术运用得当，才使得这场焦点战变成了“一边倒”。迈过这道坎，虽然接下来中国女排还有 4 场比赛，但“冠军终属中国”已成为普遍的认识。

2019 年第十三届女排世界杯第 10 轮，
中国 3 ： 0 战胜塞尔维亚，
10 连胜提前卫冕

9 月 28 日，中国女排以 3 ： 0 横扫塞尔维亚队，取得 10 连胜，提前一轮卫冕女排世界杯冠军。

赛后，郎平表示：“队伍在上一届世界杯夺冠之路走得跌跌撞撞，这次还算比较顺利。我们完成了目标。中国女排水平提高是每天训练的积累，我们和运动员都达成共识。”

不过郎平也指出，本届世界杯，有些强队没来参加比赛，队伍在比赛中也暴露出短板，需在未来补足。“东京奥运考验更多，我们要以这个冠军为起点，继续备战东京奥运。明年需更刻苦训练，从比赛中找到不足。”

根据赛程，中国女排最后一轮将对阵阿根廷队。尽管胜负已无关大局，但郎平仍强调要尊重对手、尊重自己，把最后一场比赛打好。

不仅要赢得最终的冠军，而且还要对每一场比赛的过程与内容负责，这正是中国女排一贯坚持与追求的。

9 月 29 日，中国女排全力以赴，同样以 3 ∶ 0 击败阿根廷队。11 战连胜，女排姑娘们以完美战绩登上领奖台！

世界杯期间，曾有人问女排队员：“为什么你们的排球技术这么厉害？”姑娘们朴实地回答说：“我们每天都在训练。”

这条成功的“秘诀”看似简单，但一以贯之的背后却是中国女排挥洒下无数汗水与泪水的辛酸。

本届女排世界杯开赛当天，郎平说：“为国争光是我们的义务和使命，每一次比赛我们的目标都是升国旗、奏国歌。”

女排姑娘们开赛前在一家没有空调、室温 37 ℃左右的训练馆内挥汗如雨，条件艰苦却仍严阵以待，一丝不苟。

休赛期间，球队依然坚持一天三练，为了迎接接下来的连续硬仗，她们与时间赛跑，午餐仅是简单的饭团和酸奶。

回顾中国女排过往四十多年的奋斗历程不难发现，正是“女排精神”成为贯穿一代又一代女排教练和队员职业生涯的坚定信念。

从“五连冠”到“十冠王”，女排精神历久弥坚。

“女排精神不是赢得冠军，而是有时候明知道不会赢，也竭尽全力。是你一路即使走得摇摇晃晃，但依然坚持站

2019年中国女排获得第十三届女排世界杯冠军

起来抖抖身上的尘土，眼中充满坚定。”这是郎平在接受采访时对女排精神的生动诠释。

朱婷则表示，“女排精神”就是传承，从最早的“五连冠”辉煌延续至今，“女排精神”的实质没有变化，新一代队员一直在丰富其内涵，一起努力，永不放弃。

一代又一代的中国女排人，身体力行地传承着女排精神。正是这种精神的薪火相传，成为激励中国女排和全体国人砥砺前行的强大力量。

2019 年 9 月 29 日，中国女排获得第十三届女排世界杯冠军

30

THE FIGHTING SPIRIT OF THE CHINESE WOMEN'S VOLLEYBALL TEAM

我们再出发

延期一年举行的东京奥运会，对于中国女排来说是一趟苦涩的旅程，2 胜 3 负，小组未能出线的结果着实让人意外。

人才断档、队员伤病、主力阵容被对手摸透等种种原因导致了中国女排此次失利，不过，没有人会对中国女排必将重新振作的未来失去信心。

女排姑娘们表示，团结协作、顽强拼搏的女排精神是队伍取得佳绩的法宝，也是队伍遭遇挫折时的精神指引。

自女排精神诞生之日起，其核心就不只是体现在赢球上，而是更多地展现在面对困难的百折不挠、面对失败的绝不低头以及一次次跌倒后的重新站起上。

中国女排最可贵之处，就在于她们始终以坚定强大的内心、砥砺进取的意志、从头再来的无畏，让“失败”成为下一次成功的“基石”。

几十年来，中国女排在国际排坛的地位多次沉浮，在世界大赛的名次也出现反复。

无论面临什么情况，女排精神总能在一代又一代的姑娘们身上得以体现，无论对手是谁，无论场上形势多么严峻，姑娘们总能一拼到底，永远保持向上的奋斗姿态。

历史浩荡，有高峰自然有低谷，当执拗变成执着，信念终铸成信仰。

四十年来，中国女排风雨兼程，每一步前行都凝聚着坚韧不拔、艰苦奋斗的精神。

穿越光影，每一座奖杯、每一枚奖牌上留下的绝不仅是一个人的名字。

十次世界冠军背后，是一代代排球人的努力和汗水，也是中华民族历经艰辛重新屹立的生动见证。

女排精神带着深深的时代烙印，却也与时代发展同向同行，它是时代的镜子，也是时代的先锋，传递着时代信息，也彰显着时代价值。

在那个万象更新的年代，中国正热情地打开国门，整个国家都在热火朝天地创造美好新生活。女排姑娘的团结拼搏和辉煌战绩，以非常直观形象的方式，表达着中国人的一种愿望和追求。

作为中华体育精神的代表，女排精神不仅只体现在女排运动员身上，郎平多次强调：“要学习中国的体育精神，就是我们身边的这些楷模，比如说乒乓球队、跳水队，他们真的是绝对实力。人家为什么长盛不衰，这其实都是一种传承和拼搏精神。”

不懈拼搏、永不言败，成为中国女排的宝贵精神财富，无私奉献、团结协作、艰苦创业、自强不息，照耀着一代又一代人奔向远方。

时至今日，女排精神已经超出体育竞技的范畴，成为几代中国人的精神追寻。

站在新时代的历史起点，中国社会不再需要一场比赛的胜利来证明自己。

竞技体育也已走上了职业化的发展道路，人们能够以更平常的心态看待竞技场上的得失。

然而，人们并没有遗忘女排精神，没有遗忘女排队员在赛场的汗水与呐喊。

女排仍一次次给我们带来感动，她们的精神风貌，感动着新一代中国青年。

当代青年思想价值多元，个性鲜明，以更自信、更开放的心态面对世界，这是时代进步的标志，也是时代创造的舞台。

2021 年 7 月 27 日，东京奥运会女排小组赛，中国女排 0 ： 3 不敌美国队

2021 年 7 月 29 日，中国女排 2 ： 3 不敌俄罗斯奥委会队

2021 年 7 月 31 日，中国女排 3 ： 0 战胜意大利队

2021 年 8 月 2 日，中国女排 3 ： 0 战胜阿根廷队，但依然无缘小组出线

有人说，面对来自生活的困难和打击，一个人应该像一支队伍，孤胆向前；而女排告诉我们，一支队伍更要像一个人，各个器官协调一致，才能步履坚定、笃定从容。

只有让个人奋斗与国家发展同频共振，才能实现中华民族伟大复兴的共同追求。

伟大精神总是历久弥新，女排精神具有穿越时代的力量。

这是一个伟大时代，成就了一个比以往任何历史时期都接近中华民族伟大复兴的盛世中华，伟大精神焕发出无穷的时代力量，推动着国家和民族进步。

女排精神，仿佛我们时代的注脚，引领人们在团结的征程上齐心协力、奋勇前进。

今天我们呼唤女排精神，是为了再次出发。

2021 年 9 月，党中央批准了中央宣传部梳理的第一批纳入中国共产党人精神谱系的伟大精神，在中华人民共和国成立 72 周年之际正式发布，女排精神名列其中。

这昭示着，女排精神不仅是一种追求卓越的体育精神，更超越体育而成为强大的时代精神，成为一种载入史册的全民族共同价值追求。

女排精神从竹棚走来，穿越时间的长河，成为一座灯塔，永远高悬，激励人们爱国奉献，锐意进取，顽强拼搏，奋勇前行，为建设社会主义现代化国家贡献全部力量。

我们弘扬女排精神，不仅要深刻把握其内在灵魂与特质，更要将女排精神融入党和国家各项建设事业之中，让女排精神闪耀时代光芒。

在新时代新征程中，女排精神是我们再次扬帆起航的不竭动力。

岁月峥嵘，女排精神始终不老。

时光呼啸，中国女排永远年轻。

未来征程，
我们携手再出发。

访谈实录

○ 当教练后，我更能理解当年的严苛和艰苦

○ 随两代女排到郴州，这里最能体现女排精神

○ 第一次到郴州基地时，我掉泪了

○ 中国女排的这些细节，我记了四十年

当教练后，
我更能理解当年的严苛和艰苦

○郎　平

女排精神，我觉得首先是我们中国人骨子里的那种不怕吃苦的奋斗精神。

四五十年前，在中国排球从零开始的时候，真的是一切从零开始。那时候大家就是觉得，虽然我们起步晚、条件差，但是我们不怕吃苦。别人能做到的，相信我们通过努力也一定能做到。

1978年我进入中国女排时，我们的球队肩负着振兴三大球的使命，但那时我们连亚洲冠军都不是。目标很远大，对手很强大，留给我们的时间却很有限，为了实现“冲出亚洲，走向世界”的目标，我们真的是把一天当成两天、三天来用，严格要求自己，不怕苦不怕累，受伤、生病都要坚持。

当时队里常说一句话：要取得超人的成绩，就要付出

郎平在训练中指导队员

超人的代价。

1979年秋天，我第一次随中国女排到湖南郴州训练，备战亚洲锦标赛，当时我们的目标是争取亚洲冠军，战胜日本队。听说当时之所以选择郴州集训备战，就是为了让我们在那里能安安静静训练，排除打扰，另一方面教练也想让我们在那里吃点苦，锻炼意志品质。

我现在还记得，我们在郴州的训练基地是在一个公园里，在训练用的竹棚场馆边上，还有一个游泳池。第一次走进竹棚训练馆，看到场地里挂了一条大标语，大概是：奋战60天，力争夺取亚洲冠军！

现在想起在竹棚的训练，印象最深的是防守。因为竹棚的地板是用木条拼接的，不是很平整，会有倒刺出来，我们做防守动作时如果速度快一点，动作大一点，会把腿上、胳膊上的皮扎破，弄不好木刺还会扎进肉里，真是钻心地疼。工作人员看到了特别心疼，他们尽量帮我们把地板打磨得平整一些，还帮我们手工缝了厚的布马甲，让我们训练时套在身上作保护。

现在回想起来，当时的训练条件是很艰苦，但那时候我们真的没觉得有多苦，因为集训对于中国女排来说有非常重要的意义，为了获得亚洲冠军，实现冲出亚洲的目标，我们每一个人心里都是有坚定的信念的。这又要说到女排精神的内涵，我觉得最重要的一点，是心中要有理想、有目标，为了实现这个目标努力拼搏，绝不轻言放弃，特别是遇到困难时，能够做到愈挫愈勇，坚强坚韧。

人归根到底还是需要目标驱动的，我们那时候除了在球场上严格要求自己，生活中也面临各种挑战。

改革开放之初，我们中国人接触外界的机会有限，没有几个人吃得惯西餐。但是我们外出比赛，如果因为不习惯当地的饮食就不好好吃饭，那体力肯定跟不上。袁导（袁伟民）办法特别多，封闭集训时他专门安排食堂做西餐给我们吃，不管爱不爱吃，都要强迫自己吃下去。

记得有一次大运动量训练后，为了帮我们恢复身体，袁导让我们一人吃下一只鸡，真的太多了，而且没什么味道。但是他就坐在那里看着我们吃，不吃完不能走，我们只好像完成任务一样，想办法又加盐又加胡椒的，硬吃下去。我的队友杨晓君实在不爱吃，一边吃一边掉眼泪，后来我们把榨菜都给她找出来了，鼓励她尽快吃下去。

1979 年 12 月，第二届女排亚锦赛在香港举行，中国女排战胜日本拿到了冠军，实现了冲出亚洲的目标。后来我们又到郴州集训，目标是拿世界冠军。我记得 1984 年洛杉矶奥运会前，我们也是在郴州集训备战的。

说到出国比赛，有一次我们队去美国科罗拉多，路上 20 多个小时，好不容易到了地方大家都特别疲劳。袁导安排我们休息一会儿就开始训练，大家的晕车反应就来了，到了训练馆一个个抱着桶在那儿吐。袁导当时没说什么，回国后就增加了全新的训练科目：吃完午饭马上上大巴，绕着北京城兜一圈儿再拉到排球馆训练。他常说：比赛不是挑你状态好、心情好、吃得饱、睡得好的时候打，所以一切和比赛相关的因素，都要适应。

记忆中还有一次，我们和日本队打对抗赛，3∶0 赢了，但是每局都落后，一直到局末才扳回来。结果比赛结束后袁导在场边就把我们叫到一起，说我们能反败为胜是一种锻炼，但是为什么每局都落后呢，是因为我们在场上不活跃，没有调动起自己的情绪，看到快输球了才加劲，这种“看菜下饭”的习惯要不得，如果今后遇到更强的对手就没有机会了。所以赢了球还要加练，什么时候把情绪练起来，什么时候才可以回去休息。

其实当时他要我们加练，我们也是有情绪的，心里委屈，后来我也当了教练，在我带领队员冲击世界先进水平时，我更能体会到袁导当年对我们的要求，都是用心良苦。

他的“严苛”背后，是对排球这个项目规律的学习和把握，那时候他总说，成功都是拼出来的。到现在我都记得他的话：什么是世界冠军？世界冠军就是当别人都累得倒下去了，你还能咬咬牙，摇摇晃晃站起来。

一晃四十多年过去了，当时的场景还是历历在目。虽然我们现在都是一身伤病，但是想想还是感觉当时的付出和这一辈子的努力都很值得。

过去四十年，中国女排在起伏中前进，其间有非常多的运动员，一代接一代，不管是谁代表中国女排，大家心中都有神圣的使命感，团结一致，不懈努力，为了祖国的荣誉在球场上拼搏。有太多运动员奉献了青春，留下一身伤病，还有很多的教练员默默付出，完全顾不上自己的小家。正是因为大家的共同努力，中国女排四十年一直保持在世界第一集团，收获了十次世界冠军，这是一代又一代女排人奋斗的结果。

我相信女排精神会代代相传，中国女排会一直这么坚定地往前走，祝愿中国女排会永远年轻，永远充满活力。

（根据2021年11月对郎平的访谈整理）

随两代女排到郴州，这里最能体现女排精神

○ 陈忠和

1979年9月，我和江苏的赵善文、湖南的吴水清一起被借调到中国女排帮助训练。我从福建老家到北京报到，没过多久，就随队到湖南郴州为备战亚锦赛进行封闭集训。

当时坐火车从北京到郴州，路上需要一天一夜，车开得很慢，站站停车，记得那一路上袁伟民指导几次要求队员起来练身体。

我们以前都没听说过郴州这个地方，到站下车一看，确实很荒凉。训练基地的条件也和北京没法比，宿舍是二层小楼，我们教练住在一层，队员住二层，都是三个人一间。训练在竹棚馆，地板坑坑洼洼，一条条木板接缝的地方没有压平，训练的时候会刺到队员。后来没办法，工作人员给队员们手工制作了厚厚的马甲当保护。

记得有段时间郴州天天下雨，宿舍又潮又湿，南方的

2005 年中国女排在郴州集训，陈忠和示范动作

冬天特别冷，场地里没有空调，感觉很难熬。

说实话，从北京到郴州，我都感觉落差很大。

那为什么要去?

就是为了去吃苦的。

在郴州那段时间，练得特别苦。

当时中国女排的主要目标是战胜日本队拿亚洲冠军，我的任务是模仿日本队主攻江上由美，我天天看录像再结合教练的讲解研究模仿，在训练中给队员们当好对立面。有好几次，训练结束回到宿舍，我没脱衣服、没洗澡就睡着了。

那时候包括老女排的运动员，大家都没有钱也没有名，但是心里有目标，贺龙元帅那句“三大球不打翻身仗我死不瞑目”一直激励着大家，为了实现“冲出亚洲，走向世界”的梦想，运动员都是豁出命去拼，那种氛围对我的影响也非常大。

后来中国女排拿了世界冠军，成了全国人民心中的英雄。实话实说，虽然我连到比赛现场的机会都没有，但我在家中通过电视转播观看到中国女排在世界杯赛上的精彩表现，当女排最终站上世界冠军领奖台的那一刻，我跟自己拿了冠军一样特别高兴，毕竟是一份劳动和付出，即使是无名英雄，内心也很充实、很知足。当时，中国女排还处在爬坡的上升阶段，冲出亚洲之后又能够获得世界冠军，并在随后实现了“五连冠”，这意味着大家的努力和汗水没有白白付出。

而老女排夺得“五连冠”以后，有十几年一直没再到郴州集训。2001 年我出任中国女排主教练后，把球队第一次集训的地点定在了郴州。和当时国内的其他基地相比，郴州的条件并不突出，事实上可以说是条件最差的。

为什么我选择了这里？因为我记得袁伟民指导当年曾经说过，一支球队的作风在前期带不好，后面的训练难以深入。想着我带的这批队员大都是80后的独生子女，吃苦耐劳的精神和老女排没法比，必须要带她们去体验体验老女排的生活，去吃吃苦。

当然，2001 年我们去郴州的时候，基地的条件已经好了太多了。

我们住进了女排夺冠后建成的五连冠酒店，训练也有了后来新盖的大馆。但是相比起来，郴州的条件还是算艰苦的，特别是气候，三四月份仍然潮湿阴冷，有伤的运动员伤病反应比较大，也不容易恢复，这对于球员来说考验蛮大的。

我们第一年去郴州时，我带她们观看老女排训练的录像，参观竹棚馆陈列，还组织她们军训，到农村看望困难家庭，跟她们讲创业精神、讲艰苦奋斗，带她们统一思想，明确规定了“27 条军规”。包括组织她们爬苏仙岭，为什么爬？就是要训练她们的意志品质，培养她们的团队精神，让她们有目标，而且要学会自己战胜自己。当时我们的球员，身体素质不如欧美球员，基本技术再不如人，那怎么去打别人？所以必须要用更加刻苦的训练来弥补。

我带中国女排那八年，几乎年年都去郴州集训，其间几乎每个周末都要爬苏仙岭。那真是苦啊，我给她们分好小组，体能好的要帮助体能差的，我不看一个人的成绩，我要看每个组的成绩，哪个组有一个没达标就全体挨罚，我让她们从山顶一直跑下山，再一路跑回训练基地去。

爬一次山，她们很多人都哭，我不会心软，我跟她们说：平时多流泪，比赛时才会多一些笑容，不要训练时舒舒服服的，到比赛时哭！

现在回头看看，从老女排开始，一代一代的女排队员真的不容易，为了实现为国争光的目标，训练时不惜流汗流泪甚至流血，踏踏实实做好每一天，不虚度光阴，正是她们用青春，用日复一日的努力付出，让女排精神的内涵不断丰富，一直传承下来。我理解的女排精神首先就是要爱国，要有祖国至上的情怀。其次要注重打造团队精神和永不言败的意志品质，用拼搏精神去做好每一天。这种艰苦奋斗的拼搏精神已经成了我们中国人的民族精神，我觉得我们的时代也非常需要这种在困难的考验面前十分坚强坚韧、绝不轻言放弃的精神，毕竟所有的成功都是要经过困难考验的，就像我们常说的，不经历风雨，怎么见彩虹！

（根据2021年11月对陈忠和的访谈整理）

第一次到郴州基地时，我掉泪了

○朱　婷

2013年9月，在进入中国女排不到两个月的时候，我跟随球队到湖南郴州比赛。

那是我们刚刚打完亚锦赛回来，目标是夺冠，结果只拿了第四名，正是大家感觉很沮丧的时候。但马上我们还有一个重要的比赛要打，就是在郴州举行的世锦赛亚洲区预选赛，我们必须拿到第一才能确保第二年世锦赛的参赛资格，当时最强对手是亚锦赛上刚刚赢过我们的韩国队。

那些天大家的心情起伏比较大，教练也知道我们的“心病”比较重。中间有一天比赛轮空，领队胡导（胡进）通知我们第二天去女排郴州基地参观学习。

记得那天是个大晴天，挺热的，实话说去郴州基地的路上我并没有什么特别的感觉。但是下了车，走进女排历史陈列馆，感觉一下子就不一样了，特别是看到馆里那些

2019年女排世界杯上，朱婷发球

老女排当年训练的护具、球鞋，再看看我身边走路一拐一拐的郎导，那种历史、榜样和传奇就在自己身边的感觉，深深打动了我。

后来我们又到会议室看了当年老女排训练的视频，其

中正好有一段是郎导在练极限防守，看到后来，我们好几个人都忍不住掉眼泪了……

那次参观郴州基地之后，我最深的感受是，女排精神是那么实实在在的存在，就在我们身边，我们跟着郎导可以很好地学习这种精神，希望有朝一日我们也能通过努力去传承这种精神。

这些年很多人问过我怎么理解女排精神，我曾经说过，女排精神之所以成为一种精神，最重要的是一代一代人的传承，这么多年不管高潮低谷，每一个女排运动员都在用自己的行动去实践和传承。我也曾经说过，女排精神是一种永不放弃的拼搏精神，正是因为这么多年中国女排在起起伏伏中前进，不管遇到多么大的困难都没有放弃过，都在努力寻求突破，才有今天的中国女排，才有女排精神。

2020年在两会“代表通道”接受采访时说到女排精神，我引用了郎导曾经说的话：“女排精神是拼搏争胜，是努力在赛场上升国旗、奏国歌，但这种精神不是在胜利的时候才有，而是一直存在的。有时候明知得不到冠军，我们也会竭尽全力，不在乎胜负，这种信念一直都在，从来没有改变过。”

中国女排在长达四十年的时间里一直受到全国人民的喜爱和肯定，不仅仅是因为拿到了十次世界冠军，而是大家都知道女排一路走来不容易。没有绝对的实力，每一个冠军、每一场胜利都是一天天坚持，一分分拼来的。在困难面前，大家是靠着信念和使命感，还有团队的力量咬牙挺过来的。

我举了2018年世锦赛的例子。当时我们在半决赛中拼了五局输给意大利，大家都很遗憾，也很难过。比赛以后郎导给我们开会，上来就说："孩子们，要打起精神，不能奏国歌了，我们还要努力把国旗升起来！"她说话的声音并不是很大，但是我们一下子被她点醒了：得不到冠军，第三名也要努力争取。

祖国至上、团结协作、顽强拼搏、永不言败，这是女排精神，也是我们的民族精神。我们是在排球赛场上，各行各业的同胞是在各自的岗位上践行这种精神。

女排精神是一种爱国主义精神、集体主义精神，是永不放弃的奋斗精神，是精益求精的工匠精神，它也是我们在赛场上和生活中的信念，是中国女排的队魂。

（根据2021年11月对朱婷的访谈整理）

中国女排的这些细节，
我记了四十年

○ 宋世雄

我最早和女排接触是在20世纪60年代初。解说第26届世界乒乓球锦标赛后，领导安排我跑跑女排。

1976年袁伟民重新组建中国女排，1978年泰国曼谷亚运会是我第一次转播女排比赛。

中国女排在决赛中0∶3不敌日本队屈居亚军，我参加了赛后的总结会。当时袁伟民教练面对情绪低落的队员就问了一个问题：咱们是上还是下？

没等队员回答，袁伟民继续说：如果上，回去好好干；如果下，回去就解散！

队员们听到这儿，都来了精神，都表示接下来要拼。

第二天是赛会安排的放松日，但是中国女排的队员在袁伟民的带领下拎包去训练了，那个体育馆的名字我到现在还记得——赛拉素蒙蒂体育馆。

宋世雄出席 2021 东西部协作女排明星公益赛

当时给我的感觉，中国女排亚运会输了，但是干劲儿很足，她们要干要拼。主教练袁伟民是个干事的人，新星郎平很有潜力。

一年后是第二届女排亚锦赛。

中国女排在湖南郴州封闭集训了 60 天，就是为了在亚锦赛上打败日本队，实现冲出亚洲的目标。

出征亚锦赛，女排从郴州出发，我是从北京先飞到广州，再借道深圳到香港，一路上非常想早点见到中国女排，看到她们经过 60 天郴州集训的新面貌。

最终中国女排 3 ： 1 战胜了日本队，获得了亚锦赛冠军，那真是了不起的胜利。赛后我采访袁伟民，他很平静地说：我们在通向奥运会的路上才走了一半，通过比赛还是发现了很多问题，我们的重心高、移动慢，判断也不如人家，回去要严格要求队员，首先是作风上要有突破，作风不突破，技术上不能精益求精。

转年5月，我在南京再次见到中国女排。

训练时主攻手张蓉芳摔倒了，很长时间没人管她，我坐在场地边上看着，没敢多说话。训练结束以后我问袁伟民为什么不管她，袁伟民说："要她自己战胜自己。"

不久后在上海，中国女排在邀请赛上3：0战胜日本队，但是三局都是在落后的情况下反败为胜，第一局9：13落后，第二局8：13，第三局9：14。我在转播时还表扬了队员们在落后的情况下顽强追分，反败为胜，没想到比赛结束袁伟民在场地里就把队员召集在一起，说今天三局都在落后的情况下追回来，从某种意义上讲比领先时取胜更有意义，但是三局都落后是不能原谅的，因为不活跃，有"骄娇"二气，所以要加练，什么时候把情绪练上来，什么时候下课。

我当时看了表，22点34分。

练着练着，张蓉芳说她口很干，想喝口水，袁伟民回答："我口也干，比赛时哪有那么多水喝？"

没过一会儿，陈招娣突然捂着嘴往外跑，回来后她才顾得上解释是突然恶心，去洗手间吐了，袁伟民没有一点儿关心的意思，反而冷着脸问陈招娣："为什么没请假？"

类似这样的事情太多了。

姑娘们都很倔强，教练对她们要求严格，她们也提高自我要求，非要用实际行动把教练的嘴堵上。

孙晋芳腰不好，训练时为了加强腰部力量，她把头和脚都垫起来，把五公斤的杠铃片压在肚子上练静力。

1982 年，我第一次见到年轻的二传杨锡兰，教练让她完成 15 趟往返跑，她跑了 30 趟，我问她为什么，她说："我不想让教练把我练垮。"

报道中国女排那些年，我采访郎平最多。

1978 年我第一次见她的时候她还不到 18 岁，她跟我说作为年轻队员，她希望自己敢打，敢拼，还要敢赢。

1979 年亚锦赛中国女排夺冠后，我和郎平在香港聊了六个多小时，她向我敞开心扉，说了很多心里话。

她说平时总是跟自己说，要用汗水换取胜利，但是一天七八个小时的训练下来，晚上睡觉腿都抽筋，训练中被教练批评或是比赛输球之后，有时会伤心，不想干了，但是真的舍不得。

1981 年初，她说这一年一切都是为了世界杯，世界杯一共 7 场比赛，但是要练出打 20 场球的体力来。

10 个月后，中国女排在世界杯上 7 战全胜夺得冠军。在改革开放之初，全国上下最需要一种精神力量时，女排

夺得世界冠军意义重大。

后来，1982 年世界锦标赛、1984 年洛杉矶奥运会，我都在比赛现场，见证他们实现“三连冠”。

1984 年 11 月 2 日，在香港，袁伟民和我聊起来“三连冠”。

他说 1981 年世界杯夺冠非常振奋精神，1982 年世锦赛是在大家都认为不行、没有希望的情况下反败为胜，1984 年奥运会最难，拿到两次冠军之后，中国女排面临很多新的困难，能在新老交替中拼下冠军非常不容易。

其实从“三连冠”到“五连冠”，到现在的第十冠，中国女排的路一直走得不容易，每次比赛都充满挑战，其间也有经历低谷的时候，但是这么多年，女排精神一直都在，而且随着时代的进步有了更加丰富的内涵。

祖国至上、团结协作、顽强拼搏、永不言败，我觉得这 16 个字是对女排精神高度的概括和总结，是中国女排这么多年奋斗历程的真实写照。四十年的时间，这种精神一直闪闪发光，已经成了我们的民族精神。

（根据 2021 年 11 月对宋世雄的访谈整理）

中国女排一路走来

1905 年

◎ 排球运动传入我国广东等地。

1923 年

◎ 5 月，第六届远东运动会在日本举行，中国首次派出女子排球队参加国际比赛。

◎ 从 1923 年至 1934 年，中国女子排球队共参加五届远东运动会，均获得第二名。

1951 年

◎ 5 月，全国排球比赛大会在北京举行，这是新中国成立后举行的第一次全国性排球比赛，首次采用 6 人制排球比赛规则，通过此次比赛选拔产生了新中国第一支国家女子排球队选手。

1953 年

◎ 8 月，第一届国际青年友谊运动会在罗马尼亚布加勒斯特举行，中国体育代表队（包括排球队）参加，这是新中国男女排球队的第一次出访，中国女排在 11 支参赛队伍中获得第 7 名。

◎ 年底，中国排球协会在北京成立。

1956 年

◎ 8 月 30 日至 9 月 12 日，中国女排参加在法国巴黎举行的第二届世界女子排球锦标赛，获得第 6 名。

1962 年

◎ 10 月，中国女排参加在苏联举行的第四届世界女子排球锦标赛，获得第 9 名。

1963 年

◎ 11 月，第一届新兴力量运动会在印度尼西亚雅加达举行，我国男女排球队双双获得冠军，这是中国男女排球队在国际正式比赛中第一次获得冠军。

1965 年

◎ 4 月至 5 月，大松博文应邀来华，帮助训练中国女排。

1972 年

◎ 中国首个排球训练基地在福建漳州建立。

1974 年

◎ 10 月，中国女排参加在墨西哥举行的第七届世界女子排球锦标赛，获得第 14 名。

1975 年

◎ 8 月，中国女排参加在澳大利亚墨尔本举行的第一届亚洲女子排球锦标赛，获得季军。

1976 年

◎ 6 月，中国国家女子排球队重新组建，袁伟民出任主教练。

1977 年

◎ 11 月，中国女排首次参加在日本举行的第二届世界杯女子排球赛，获得第 4 名。

1978 年

◎ 8 月，中国女排参加在苏联举行的第八届世界女子排球锦标赛，获得第 6 名。

1979 年

◎ 10 月 5 日，中国女排首次到湖南郴州集训。

◎ 12 月，中国女排参加在香港举行的第二届亚洲女子排球锦标赛，以 6 战全胜的记录夺取桂冠，实现了冲出亚洲的愿望，打开了“走向世界”的大门。

1980 年

◎ 5 月，中国女排获得南京国际女排邀请赛冠军。

◎ 本年，中国女排共参加了 36 场国际比赛，胜 35 场，仅负 1 场。

1981 年

◎ 11 月，中国女排以亚洲冠军的资格，参加在日本举行的第三届世界杯女子排球赛，11 月 16 日，以 7 战全胜的成绩首次夺得世界冠军，实现了中国大球项目的历史性突破。

1982 年

◎ 9 月，中国女排参加在秘鲁利马等地举行的第九届世界女子排球锦标赛，获得冠军。

1984 年

◎ 7 月 31 日至 8 月 8 日，中国女排参加在美国洛杉矶举行的第二十三届奥运会，获得金牌，实现了“三连冠”的宏愿。

◎ 12 月，袁伟民调任国家体委副主任，邓若曾出任中国女排主教练。

1985 年

◎ 11 月，中国女排参加在日本举行的第四届世界杯女子排球赛，荣获冠军，取得“四连冠”。

1986 年

◎ 6 月，邓若曾离任，张蓉芳接任中国女排主教练。

◎ 9 月，中国女排参加在捷克斯洛伐克举行的第十届世界女子排球锦标赛，以 8 战 8 胜的出色成绩蝉联冠军，至此获得了“五连冠”的殊荣。

1987 年

◎ 年初，张蓉芳离任，李耀先接任中国女排主教练。

◎ 6 月，第四届亚洲女子排球锦标赛在中国举行，中国女排获得冠军。

1988 年

◎ 9 月，中国女排参加在韩国汉城（现名首尔）举行的第二十四届奥运会，获得季军。

1989 年

◎ 1 月，胡进出任中国女排主教练。

◎ 11 月，中国女排参加在日本举行的第五届世界杯女子排球赛，获得季军。

1990 年

◎ 8 月，第十一届世界女子排球锦标赛在我国北京举行，这是新中国成立后首次在我国举行的规模最大、级别最高的排球比赛，中国女排获得亚军。

1991 年

◎ 11 月，中国女排参加在日本举行的第六届世界杯女子排球赛，获得亚军。

1992 年

◎ 7 月 30 日至 8 月 4 日，中国女排参加在西班牙巴塞罗那举行的第二十五届奥运会，获得第 7 名。

1993 年

◎ 3 月，胡进离任，栗晓峰出任中国女排主教练。

1994 年

◎ 10 月，中国女排参加在巴西举行的第十二届世界女子排球锦标赛，获得第 8 名。

1995 年

◎ 2 月，郎平回国，出任中国女排主教练。

◎ 11 月，中国女排参加在日本举行的第七届世界杯女子排球赛，获得季军。

1996 年

◎ 7 月 20 日至 8 月 4 日，中国女排参加在美国亚特兰大举行的第二十六届奥运会，获得亚军。

1998 年

◎ 11 月，中国女排参加在日本举行的第十三届世界女子排球锦标赛，获得亚军。

1999 年

◎ 2 月，郎平辞职，4 月，胡进再次出任中国女排主教练。

◎ 11 月，中国女排参加在日本举行的第八届世界杯女子排球赛，获得第 5 名。

2000 年

◎ 9 月，中国女排参加在澳大利亚悉尼举行的第二十七届奥运会，获得第 5 名。

2001 年

◎ 2 月，陈忠和出任中国女排主教练。

◎ 4 月 13 日，时隔 13 年，中国女排再次到湖南郴州集训，逐步走上“复兴之路”。

2002 年

◎ 8 月 30 日至 9 月 14 日，中国女排参加在德国举行的第十四届世界女子排球锦标赛，获得第 4 名。

2003 年

◎ 11 月 15 日，中国女排以 11 战全胜的战绩，夺得第九届世界杯女子排球赛冠军。

2004 年

◎ 8 月，中国女排参加在希腊雅典举行的第二十八届奥运会，获得冠军，第七次登上世界之巅。

2006 年

◎ 10 月 31 日至 11 月 16 日，中国女排参加在日本举行的第十五届世界女子排球锦标赛，获得第 5 名。

2008 年

◎ 8 月 9 日至 23 日，中国女排参加在北京举行的第二十九届奥运会，在半决赛中负于巴西女排，最终获得季军。

2009 年

◎ 3 月，陈忠和离任，蔡斌出任中国女排主教练。

2010 年

◎ 3 月，蔡斌离任，王宝泉接任中国女排主教练。

◎ 9 月，王宝泉离任，俞觉敏出任中国女排主教练。

◎ 10 月 29 日至 11 月 14 日，中国女排参加在日本举行的第十六届世界女子排球锦标赛，获得第 10 名。

2011 年

◎ 11 月 4 日至 18 日，中国女排参加在日本举行的第十一届世界杯女子排球赛，获得季军。

2012 年

◎ 7 月 28 日至 8 月 7 日，中国女排参加在英国伦敦举行的第三十届奥运会，获得第 5 名。

2013 年

◎ 4 月 25 日，郎平出任中国女排主教练。

2014 年

◎ 9 月 23 日至 10 月 13 日，中国女排参加在意大利举行的第十七届世界女子排球锦标赛，获得亚军。

2015 年

◎ 8 月 22 日至 9 月 6 日，中国女排参加在日本举行的第十二届世界杯女子排球赛，时隔 11 年重获世界冠军。

2016 年

◎ 8 月 6 日至 21 日，中国女排参加在巴西里约热内卢举行的第三十一届奥运会，获得冠军。

2018 年

◎ 9 月 29 日至 10 月 20 日，中国女排参加在日本举行的第十八届世界女子排球锦标赛，获得季军。

2019 年

◎ 9 月 14 日至 29 日，中国女排参加在日本举行的第十三届世界杯女子排球赛，获得冠军，第十次登上世界之巅。

◎ 9 月 30 日，新中国成立 70 周年国庆前夕，中共中央总书记、国家主席、中央军委主席习近平会见中国女排队员、教练员代表。

2021 年

◎ 7 月 25 日至 8 月 2 日，中国女排参加在日本东京举行的第三十二届奥运会，2 胜 3 负无缘小组出线。

◎ 9 月 29 日，中国共产党人精神谱系第一批伟大精神正式发布，女排精神名列其中。